JUL 0 9 2012

Spanish
Fiction
Ferna. S

Por lo que toca
a una mujer

Sergio Fernández

Por lo que toca a una mujer

POR LO QUE TOCA A UNA MUJER
© 1995, Sergio Fernández
© 1995, Aguilar, Altea, Taurus, Alfaguara, S.A. de C.V.
Av. Universidad 767, Col. del Valle
México, 03100, D.F. Teléfono 688 8966

- Ediciones Santillana S.A.
  Carrera 13 N° 63-39, Piso 12. Bogotá.
- Santillana S.A. Juan Bravo 38. 28006, Madrid.
- Santillana S.A., Avda San Felipe 731. Lima.
- Editorial Santillana S.A.
  4ª, entre 5ª y 6ª, transversal. Caracas 106. Caracas.
- Editorial Santillana Inc.
  P.O. Box 5462 Hato Rey, Puerto Rico, 00919.
- Santillana Publishing Company Inc.
  901 W. Walnut St., Compton, Ca. 90220-5109. USA.
- Ediciones Santillana S.A.(ROU)
  Boulevar España 2418, Bajo. Montevideo.
- Aguilar, Altea, Taurus, Alfaguara, S.A.
  Beazley 3860, 1437. Buenos Aires.
- Aguilar Chilena de Ediciones Ltda.
  Pedro de Valdivia 942. Santiago.
- Santillana de Costa Rica, S.A.
  Av. 10 (entre calles 35 y 37), Los Yoses, San José, C.R.

Primera edición en México: julio de 1995
Primera edición en Vintage: octubre de 1995
ISBN: 968-19-0247-5
Diseño:
Proyecto de Enric Satué
© Cubierta: Carlos Aguirre
© Foto de cubierta: Gerardo Suter

Impreso en México

*This edition is distributed in the United States
by Vintage Books, a division of Random House, Inc.,
New York, and in Canada by Random House
of Canada Limited, Toronto*

Para Mauricio González de la Garza

Omar:

Ahora que estás muerto escribo para ti estas notas porque, pasados los años —y al revés de lo que yo pensé— el recuerdo no parece esfumarse. Al contrario, por momentos se recrudece en forma artera y dislocada, de modo que las riendas y el látigo no pueden controlar al caballo. Por ello, para salir de ese pantano en el que hay remolinos, me encaro a ti, para provocarme a mí misma.

Te espié; te tuve celos —¡qué fácil es decirlo ahora!— no obstante que fuiste un hombre poco atractivo, más bien silencioso, enfermo siempre, con una pizca de agonía en la mirada: un ser histérico aun cuando serlo sea, supuestamente, un rasgo femenino, lo cual te dio un aire indolente pero al mismo tiempo suplicante, con algo de pobreza en el alma hasta que, con tales armas —y sólo con ellas— llegaste a donde quisiste, ya a la puerta de la casa a la que deseabas entrar, ya a la cabecera de la cama de aquel a quien pediste lo que no te negó debido a tu discreción sinuosa y falsa.

Conmigo fuiste otra persona, más encarnada, menos menesterosa, más lejana también, pero no me engañaste. Como si se tratara de una invasión, me vi forzada a ceder mis terrenos y entonces me enseñé a pelear por lo que consideré que era mío, ingenua, como si algo —aun cuando una parte ínfima, del total— nos perteneciera. En mi lucha, sorda y obviamente privada, tuve deseos de aniquilarte. También mi orgullo estuvo al quite, en tanto que me vi maltratada, burlada, qué sé yo. Y me ofusqué y trastabillé y cómicamente —como si por travesura alguien me echara un cardillo en los ojos— di pasos atrás, en mis propias tinieblas, que por eso empezaron a teñirse de luz viendo, paradójicamente, sucesos espantosos.

Pero como aquel año, igual que todos, pasó de repente ahora, con calma, me repito que estás muerto —no del todo, ya que habitas en lo turbio de mí—; me lo repito, Omar, para darte mi versión de los hechos. El grito de protesta me hace falta para completar algo que, de no cumplirse, me resultaría insoportable. Por eso te confieso que al final de la lucha fuiste tú —quién lo dijera— el vencedor mientras yo, en cambio, rodé para después de la caída quedar igual, si así puede decirse, a la que ahora soy, una mujer moralmente torcida: primero por mi pasividad e indolencia; después por mis arrebatos de ira y por la construcción, piedra a piedra, de lo que llamamos soledad.

Por eso —¿a qué decirlo?— me siento inacabada; por eso, también, hablo contigo ya que en vida nos encontramos poco, ya evadiéndonos, ya acechándonos cada quien a su modo, rodeados, al mismo tiempo, de huecos, de fugas, de malentendidos, de verdades enmascaradas, de chismes, de nauseabundos consejos que a la larga si algo prohijaron fue precisamente el rencor. Como las enfermedades crónicas lo nuestro pasó sin sentirse, casi con afiebrados atisbos de bienestar: lo más dañino que nos pudo pasar a todos, contando a tu mujer, naturalmente.

Fue, lo sabes bien, un entendimiento a base de sospechas, de miedo —de mucho miedo—. Y si por tu parte hubo silencios, por la mía hubo robos, más robos y silencios, también. Robos ¿lo oyes?, algo muy parecido a la traición, porque los silencios, Omar, son otra cosa: se trata de largos o breves espacios que yacen horizontalmente, como cansados de vivir. O como el cementerio, donde tu tumba familiar, en Tepic —con una enorme lápida— se ve desde la entrada misma. Todo me lo contó la Nena, que te fue a visitar y a llevarte en mi nombre unos nardos para que se supiera, no faltaba más, que amamos a la misma persona. Allí te trasladaron después de tu velorio en México; allí te sepultaron con tus ínfimas alegrías, ay de ti, ya marchitas, tanto, como lo estuvieron en vida.

Se trata de humor negro, ¿verdad? Pero entre nosotros todo, ahora, está permitido porque en vida sólo tuvimos (yo, al menos) que contemplar un amor frustrado y leer tus míseras cartas anodinas. Pero escúchame, Omar: para mis propósitos, que no llegan a muchos, habré de cambiarme de nombre, pues de otra manera infamo a Romano, por quien sigo teniendo —pese a todo— una nada secreta debilidad. También me ingeniaré en hacer legibles estas notas que son para mí y, acaso, con el tiempo, para recrearme en las confesiones que para un muerto —a macha martillo— cubren estos papeles. Duele decirlo, ¿sabes? Y más aún si esto quedara en quienes tuvieran interés —para mal— en nosotros; o en las manos de mi ex-marido, tan inteligente, tan ramificado, tan oscuro e incierto.

Por eso he de cambiar verbos y verbos ya que el pasado —hecho de carne y tiempo— sólo a los vivos pertenece mientras tú, en cambio, yaces en un espacio gris, fétido y fértil, según suelen decir quienes atestiguan de olvidos, esqueletos, rencores y polvos esparcidos por el cementerio.

Deberé alterar fechas, suprimir o cambiar algunos acontecimientos. Tergiversaré no únicamente el mío sino los nombres de aquellos que estuvieron en mi camino para mi bien o mal; o diré mentiras que, si de algún modo perturban la realidad, me favorecen porque ante mí misma deseo disculparme o asumirme, pero no quedarme en los medios. ¿No te parece que mi mediocridad —la de siempre— debe romperse gritando que estoy aquí para cobrarme una venganza? Entonces quizás dejaré de cocerme a medias tintas y a la par estaré con la gente que, cuando estuvimos casados, rodeó a Romano en Rinconada, como si se tratara de un salón del Renacimiento florentino.

Tal vez llegara a redimirme, pero no sabría decir ante quién. No temas: no te descubrirán. Seguirás en tu anonimato, al que has amado por encima de todo ya que tu cobardía jamás te permitió ser un hombre cabal, seguro y firme, de los que no aparecen en la existencia de una mujer como soy yo.

Por eso estas notas (diario, memorias de una solitaria aún rabiosa) aparecerán escritas como si fuera, éste, el momento mismo de los hechos, pero la verdad es que poco a poco he ido puliéndolas porque ¡cómo cuesta redactar una frase, poner puntos y comas, cuidar la ortografía! Así y todo —lo sé— son borrones que por sinceros los valorarás mejor que nadie, aunque eres escritor de oficio que, como todos, se tienen en un pedestal. Te repito lo que ya sabes, que sólo hubo odio entre nosotros pero no cara a cara, tanto menos ahora, situado ya en un páramo donde como nadie te exige amar, te sentirás completamente a salvo de tu sensibilidad, tan dañada.

Pero mis nardos no son únicos, ya que también existen, en un vaso de cristal, docenas de azucenas que alrededor de una horrible cruz de mármol misteriosamente te cambian semana a semana. Es alguien que aún te ama, pues están frescas como si las acabaran de cortar. ¿Será el propio Romano, que las manda pedir a alguna florería de la localidad?

¿Logras oírme? ¿Puedes sentir el rencor que aún te tengo? Se trata, como sabes, de un sentimiento congelado, del que Romano nada sabe, como no ve, tampoco, la línea que como flecha va de mí hacia ti directamente, sin importar lo lejana que esté, traspasando con eficacia unos metros de tierra, tres, para decirlo con exactitud. ¡Ah, cómo detesto lo que escribo! Me daña, me hiere y me perturba. Pero me lo he impuesto como una obligación, aunque la tarea sea subterránea y sofocante.

Corren los años setenta. El sitio da igual, ya que puede ser México o tu Nayarit angustioso, o la Guadalajara de Romano, ciudad a la que tanto ha detestado. Por eso elegiré tu tierra natal porque allí nace gente como tú, enferma de miedo porque la vida también de cobardía se nutre; y entre angustia, odios y amores vedados se formará el corro que yo deseo escuchar. Por eso cuando brota el terror, debemos conservarlo en un nicho para que diariamente, al consultarlo, nos haga saber de qué sitio del corazón proviene.

Pero no, me arrepiento. ¿Cómo hablar de un pueblo en que el solo habitante es el aburrimiento? ¿Cómo urdir allá lo que aquí, en esta ciudad cochambrosa y espléndida, ha acontecido? Se necesita un sitio como éste, medido por cientos de kilómetros de miseria, a la que no perteneciste porque medraste pronto hasta un nivel intelectual y artístico mediano, lo cual no te llevó a comprender ni la literatura ni la vida. Y como robé tus cuentos yo, únicamente yo, sabré hasta cuándo emergerán de la oscuridad en que están.

Por eso prefiero elegir esta ciudad, porque aquí se hurta, se mata, se trafica con drogas. Pero también se tiene, en forma desproporcionada, una vasta cultura que pocos aprovechan porque pocos son los que, informados, llegan hasta ella; pero también por su amplitud, pues lo que se abre siempre está lejos, lejos de todo, sobre todo para nosotros, los que vivimos en la parte alta de San Ángel. Se requiere estar en el centro de la ciudad y en algunos sitios del sur para utilizar lo que ofrece por más que la cultura se siembre en cualquier barrio, por marginado que se halle.

Pero por otro lado ¡es tan puritana! Sólo queremos lo convencional: nada de clubs privados, ni de pornografía, ni de medios de comunicación que no tengan censura. Tampoco se dan en maceta seres como tú, ni como Romano, ni como Amanda, a menos que sus vidas corran por debajo del agua, para que nadie los atrape.

Por eso yo, que no me comparo con los hombres, ni con una lesbiana como ella, deberé sobresalir, se quiera o no, con estas cuentas que por escrito hago para que sepas bien quién soy. Hacerlo, aunque mal, me reconforta. De este modo a mí misma me prometo que mis palabras alentarán a muchas mujeres que se embozan por un adulterio o son agazapadas, traidoras, parásitas, falaces.

¿Estás de acuerdo o quieres otros nardos, unos negros que te ponga a los pies, en esa lápida amarga que te colocaron en forma de rectángulo?

El día que elijo para comenzar es más bien frío, nervioso, alterado por un paisaje que, desde la parte superior de la casa, parece de mentiras, pues los árboles, sin raíces, encajan sus troncos en la niebla. Camino por la senda humedecida arriba de la terraza alta —como mi marido la llama—, fatigada y con los zapatos tenis llenos de lodo. A mis pies está un pájaro que ha caído del nido. Lo levanto. Boquea siniestramente. Intento calentarlo pero de asco lo pongo encima de una maceta con geranios. Luego me desentiendo y antes de entrar llamo a Valentina, que corre sin parar, confundida con su libertinaje y su alegría.

Es una hermosa perra, pero su dueño es él, Romano, de modo que si ahora regreso de pasearla es porque fue con Luis Barragán a una asamblea de arquitectos y me pidió que la sacara, como todos los días, al campo. ¡Qué fastidio con los animales! Dime, ¿fuiste tú quien se la regaló? ¿O habrás de seguir conservando para ti un secreto tan insignificante?

Sí, se la diste porque sabes que la quería —una verdadera lebrel con *pedigree*—. Y en una de tus cartas, de las muchas que tengo, exactamente le decías: «Te

imagino en los paseos matutinos, cuando la ves correr
entre las hojas muertas; cuando más que un galgo parece
el viento haciendo trueques con el paisaje, asaltándolo
después por entero». Parece una mentira, pero me sé tu
correspondencia de memoria. Es iinda, es tramposa
como lo son tus cuentos, los que le dedicaste a él ya
que en él, obsesivamente, pensaste los últimos años de
tu vida.

Por la terraza alta —la más alta de todas—,
pasan unos pájaros azulosos y grandes, de cola muy
abierta, de esos, Omar, que existían cuando tú; de
esos que, como tú, hace ya tiempo dejaron de volar
en las inmediaciones de la casa de Rinconada 100,
llena de encinas muy oscuras con líquenes y hongos
verdosos prendidos a sus troncos y que logran, del
paisaje, algo sonámbulo: árboles y yedras que caminan
de noche.

Tú, que con tanta frecuencia la visitaste, opinas
como yo que es una construcción muy bella, aparentemente confusa por la escalera que por el monte
baja y sube como si a sí misma se pisara la cola,
larguísima, incómoda, de tal modo que Romano indica
que hay que respirar sólo con la nariz, mojándose, al
mismo tiempo, los labios con saliva. Él —lo sé— te
recibía en la biblioteca, tan aislada y sola, aun cuando
a veces, sobre todo al principio, subías de paso a
saludarme diciendo —siempre— que tu trabajo te
impedía quedarte a tomar un café, o una copa, para no
mencionar una cena porque te sentías mal por dentro,
prematuramente arrepentido.

Dejo a la perra en la terraza y, sin saber por
qué, contemplo una araucaria que sembramos al irnos,
antes de casarnos, a Chicago. El árbol es ahora alto y
fuerte; negro y solo, no como yo, sola y débil, tanto,
que necesito escribir para decirte muchas cosas que me
aliviarán aunque yo misma, en este juego, salga a la
postre perjudicada en mis recovecos, espejos casi fieles

de Rinconada. Aquí el enredijo de la casa tiene —lo sabes bien— más de cien escalones que reptan sobre el cerro además de los muchos que comunican estancia con estancia. Pero no: no se trata del mío sino de un autorretrato de Romano, que se empeñó en hacer un nido de águilas a muchos miles de altura sobre el nivel del mar; nido que le sirve para vigilar, como si así se preservara el orden de la vida.

Ahora Omar, pienso convidarte a bajar conmigo parte de esta escalera, sinuosa, que va hasta el comedor. Ven, pasa, siéntate. Todo está igual a cuando tú venías: la repisa de madera soportando dos tallas africanas y arriba, colgado sobre la pared blanca, un Carlos Mérida que compró Romano con enorme esfuerzo.

¿Te gusta la pintura? Dímelo, porque nunca lo supe. Si he de sincerarme sólo te conozco a través de tu correspondencia, tus telefonemas y —si eso es conocer— por medio de la chillona voz de tu mujer cuando hemos coincidido en alguna visita o en alguna ocasión en que le habló a Romano; pero cuando él quiso comunicarse contigo, te negó siempre, tal vez para que ni él ni otro ninguno osara raptarle a su marido, seguramente tan eficaz dentro del lecho.

Hoy es precisamente un 22 de enero, mes de muy bellas lunas, pero altanero y ociosamente largo. Estoy de mal humor: las cosas no salen como quiero pero lo que me molesta, más que eso, son las insignificancias que me salen al paso. Además del plomero (a quien tuvo que llamar Sofía), mi coche está con el mecánico pues a nuestro regreso de Valle de Bravo nos dejó tirados al salir del pueblo. Pero me siento, además, harta de todo, Omar, harta de todo. ¿Puedes creerlo? ¿Por qué, si no soy fea? ¿Por qué si tengo un auto, dos sirvientas, mis clases de francés en la Preparatoria y un marido que espléndidamente me hace el amor? ¿Será porque tú estuviste siempre de por medio? Y yo, ingenua, jamás sospeché de tu poder hasta que no hubo otro remedio que encararme a un presente que me arrebató, de ser una mujer casada, a configurarme en una solterona sin horizonte alguno. Mírame: tan ingenua y tan, tan vanidosa como para pensar que Romano, en su delirante búsqueda de realizaciones, me tenía únicamente a mí para solícitamente compartirlas.

Pero no puedo seguir más allá sin aclararte lo que siempre supiste: que ha sido cuesta arriba, aunque enriquecedor, vivir con un marido tan sofisticado y solitario, tan inteligente al propio tiempo. Pero es un ser deforme: su joroba es Mago, Maguito, que no se da por enterada de las exigencias emotivas de su hijo. Ella, tan pequeñita y frágil, va y viene todo el día, sin descanso: se baña diariamente, desayuna, se maquilla de rosa las terribles mejillas arrugadas y se queja de que no se la atienda. Y mangoneando a Sofía y a Gloria se pasa la mañana esperando a que su hijo idolatrado regrese de revisar sus obras de la iglesia —tan importantes— pues aunque está casi lista le faltan detalles de las torres, que por eso le quitan muchas horas del día. Pero yo no le creo cuando, a mediodía, comemos juntos. ¿A quién ve tan temprano? ¿Tienes idea de con quién brega a esas horas del día? ¿O es que nunca sé qué hace la gente cuando yo duermo aún?

Sé que no puedo: sé que no la soporto. No, aunque se encierre en su recámara, viendo televisión o leyendo el periódico, pues se informa de política, lo que no deja de ser divertido. Maguito es una espía. Traspasa muros: es un fantasma, como tú, que me persigues sin cesar. ¿Qué? ¿Reconoces la sala? Mira: el cuadro de *Los peces*, de Dalí, regalo de Amanda, su íntima amiga, quien se lo trajo de Londres a tiempo de pensar, ya desde entonces, en traicionarlo arteramente, tal como ella únicamente suele hacerlo: en sigilo, cortando las cabezas cercén a cercén. ¿La conociste? Es Amanda Íñiguez, una arqueóloga; ambos se trataron de estudiantes, pero ella se fue a vivir a Europa y allá se quedó años, haciendo un doctorado, lo que le permitió una vida holgada, poco misteriosa —descarada, tal vez— con una gringa, una tal Linda, de la que dice estar perdidamente enamorada.

Pero pienso que no es éste el momento de contarte lo que entre nosotras sucedió. Te adelantaré, sin embargo, que es una mujer sin escrúpulos, atractiva, irónica, tramposa, un personaje, en suma, más que una persona. Años después me doy cuenta de que es arriesgado su trato, enmascarado de amabilidad y cortesía; de afecto y escrupulosidad amistosa. ¿Sabes? Su cuerpo se unta en lugar de caminar; desgarbado, decorosamente vestido, viejo ya, antes de tiempo.

Amanda es práctica, es artera: en su telaraña —aun cuando sus víctimas sean las mujeres— caen también hombres a los que seduce con mimos, con regalos de todos, como a mi marido, que tanto tiempo se resistió a su encanto. Yo en cambio caí en su trampa no obstante que para una mujer es fácil combatir a otra. Se trata de una costumbre inmemorial porque o nos envidiamos, o nos odiamos, o hacemos corro para luchar contra los hombres, a quienes venceríamos si no fuera porque somos nuestras más coléricas, nuestras más eficaces enemigas.

Me ocurre, por ello, que sin desearlo compito con Clara, con Lidia, con Carmela Conde, parte de un cuarteto de Canasta que hacemos los lunes, a horas en que Rinconada pareciera pertenecerme por entero pues Maguito se retira temprano y Sofía le lleva la merienda a la cama. Pero la lid es con ella, que a los ochenta toma sus tequilas a diario, ve las noticias y no deja de sentirse la dueña de la casa. Es un asco no morirse a tiempo, recargada en su hijo y arrinconándome, a mí, que nada puedo contra ella, pues su escudo es obviamente mi marido. En cierta forma —desde que regresamos de Chicago, de donde no deberíamos haber vuelto— estoy casada con los dos. ¿Te das cuenta de mi situación, ya creada en lo deforme aun antes de que aparecieras?

Pero ¿cómo transformar mi vida? ¿Cómo cambiarme a mí misma, si estoy inacabada? Sin embargo ahora, en esta estancia donde el paisaje, turbio, a lo lejos desmadeja a la ciudad con una luz grisácea, me siento una mujer privilegiada. Nada me toca; mis quejas son fruslerías y a no ser porque me he impuesto escribirte, me sentiría libre, como si no estuviera casada; como si una vieja estúpida y ñoña no me atisbara y el futuro me sonriera ampliamente, con un gran gesto de amistad... y dinero.

Pero mi privilegio es relativo: mi posición, de desahogo, está sujeta a un marido que me proporciona comodidades por las que pago un alto precio. Y aquí, precisamente recargado en la repisa de la estancia, te vi por vez primera, tan limpio y elegante siempre, con tus zapatos de pécari, con tus camisas cortadas a la medida y los trajes de casimir importado, que tu íntimo amigo, Raimundo, te confecciona en su taller, el mismo al que va mi marido. Lástima de tu estatura, porque nada te luce, bien lo sabes tú, que prefieres no estar de pie y te desplazas rápidamente, como si así tu cuerpo se disimulara.

Pero éstas son fruslerías ahora, cuando el esqueleto, que es lo que más dura, se halla enterrado a perpetuidad, como si a perpetuidad, vaya ironía, se subsistiera después de la muerte. Pero yo me aprovecho y, como ves, aun sin perpetuidades te escribo a manera de una confidencia. Es el recuerdo y no tú el que me presiona para decir, ya, lo que sea, porque el tiempo se va y la vida se come a la vida. Por eso, Omar, debo aclararte que tengo 27 años y un marido al que intuyo con tendencias extravagantes, que van por el lado de una sexualidad muy amplia. ¿Me explico? ¿O las conoces tú mejor que yo?

Si deseo que me entiendas debo matizar. Él es... ¿Cómo decirlo?, suave, de exquisitas maneras, con la inteligencia fuerte, de varón. ¿Te acostaste con él, Omar? ¿Qué pasó entre ustedes, que tu correspondencia lo revela sólo entrelineadamente? ¿Escribías algunas palabras en clave? ¡Cómo me perturba, tanto, como para escribirte y ver si así, entre palabra y palabra, surgen aquellas que son tan necesarias! Romano es muy ambiguo, lo sabes bien, por lo que hubieron temas que nunca tratamos, como si las fichas hubieran estado —todas, sin faltar una— sobre el tapete verde. Y es que existe en él algo difuso, que no pertenece a zona alguna. Se trata de una especie de tundra (¿se llama así?) en la que de pronto árboles brotan y terminan llanuras. Tú, que lo supiste, lo acosaste. Pero finge sorpresa, que yo inventaré ingenuidad.

«No sé qué decirte después de que nos vimos. Me quedé un tanto paralizado, como cuando te encuentras a alguien conocido en un lugar inhóspito. Me limpié el sudor, que corrió por toda mi cabeza, pero nada pude hacer con el de las axilas, húmedas, frenéticas de vida. Demandaron algo, como un buen cuadro de un espectador. Pero aún no estoy seguro de que la exhibición se haya abierto, por lo que esperaré no obstante mi prisa de siempre, en las afueras del museo.»

Es tu segunda carta, ratón; la primera, dada también como un encuentro, es también aberrante. Pero ya te la recordaré a su debido tiempo. Quien escribe ambiguamente, bárbaramente se exhibe para retrotraerse de inmediato, más bien arrepentido. ¿Cómo tendrá que ser la trampa que te afiance los delicados músculos forrados por una pielecilla parda, lisa e instantánea? ¿Tendrá el bocado de tu preferencia para que la pequeña trompa se te destroce al caer brutalmente sobre ti la barra de metal?

¿Se te antoja un café? ¿Té, una cerveza clara? La alfombra que está cerca de ti es un bello Temoaya anaranjado opaco que Romano trajo precisamente de Temoaya. Son colores muy poco llamativos, que es como a él le gustan. Ya sabes que odia el púrpura, por lo que no podría matar a nadie, no a mí, tanto menos a ti, que ya lo hiciste antes siquiera de advertirlo. Era fácil prever tu muerte con esa mujer que en suerte te tocó, capataz de tus actos, aunque te haya corroído la cirrosis. Por eso, enfermo ya, nadie —ni siquiera tus íntimos— pudieron visitarte pues Rita, como una bestia acorralada, te acorraló a su vez no permitiendo a nadie acercarse a tu lecho.

Supongo que a tu lado —en un buró, tal vez— tenías el caballito griego que te dio mi marido, ¿verdad? Fue un día en que tú lo elogiaste tanto que en seguida te lo regaló y ávidamente lo guardaste en una bolsa de tu saco. ¡Cómo recuerdo, de ti, gesto por gesto! Ojalá contigo lo hayan enterrado para que como guía te acompañe a lo largo de ese viaje que no pudiste compartir con mi marido. Porque ya no existe el Romanticismo; de otro modo los dos, juntos, se hubieran suicidado. Pero ¿de qué moriste, Omar? No fue cirrosis. El sida no había aparecido. Por chismes —nunca por Romano— supe que no quisiste atenderte porque ya acariciabas, con ese pretexto, tu destino. Te encerraste, te lapidaste; encontraste, en el aislamiento y el silencio, tu redención. Para entonces, lo sé, mi marido y tú no se veían más. ¡Y qué pena le dio a pesar de desear ocultarla ante mí! Lo vi sufrir día a día, sin yo aliviarle, por mis celos callados, un ápice de nada; sin tampoco llegar a conocer tu recámara, donde tus frágiles objetos íntimos te acompañaron al final: no, no se arriesgó debido a la crueldad de Rita, la de la vocecita de cuclillo. Ella —no me cansaré de repetirlo— te atendió, te procuró, recamó tu aislamiento, infatigable en la tarea de encarcelarte sin saber, la infeliz, que te le escaparías antes de tiempo.

¿Qué supo de todo este entramado? Pienso que nada, aunque mucho creyera tocar la realidad que imaginaste. Pero tu deceso pasó cuando nosotros ya nos habíamos divorciado, mira qué paradoja, si bien eras tú quien se habría de divorciar —y se lo dijiste a Romano por teléfono— aun cuando te quedaste prendido a las faldas y al gruñido diario de esa pobre mujer. A ti, obviamente, te desprecio, pero te utilizo y muy pronto, por eso, estaremos en paz. A ella la aborrezco porque una semejanza oscura e inquietante nos dice que la vida se nos convirtió en una única forma a las dos: en una avidez sórdida dejando, de lado, dos cuerpos vacíos, de los que viviendo en el infierno, proyectan hasta acá su imagen.

¿Has visto qué bella es Valentina cuando cruza las patas, recostada en el hueso del pecho, de perfil siempre como una estatua egipcia? La detesto porque es de Romano; es tuya, también, pero desconoce el camino para visitarte cuando alguna mañana se escapa por allí, a chapotear entre la lluvia y dejar a su paso un reguero de hojas marchitas, que amablemente trituran al espacio.

Pero, en función al orden de mis cosas, debo seguir en los años setenta —precisamente en el setenta y uno— a nuestro regreso de Chicago, donde alquilamos un pequeño departamento en un rascacielos muy cerca del Museo. Es divertido recordar que a lo largo de la avenida frente al Lago Michigan hay un calabrote para que no te lleve el viento. Allí los negros que son pocos, no te impiden, pese al racismo, como en Harlem, asistir a los espirituales y al jazz; en cuanto a Romano, se dedicó a leer novelas de detectives, por lo que ahora estamos todos en la mira, empezando por él, el asesino máximo.

Leer lo descansa, lo estimula, pero a mí —que no conozco inglés— me dejó en las manos de Nora Friss, una mexicana deliciosa que vive parapetada en la mentira. ¿Creerás que se convirtió al luteranismo sólo para salir de la miseria?

Pero no fue en Chicago, sino en la capilla de la Universidad de Notre Dame, en el mismo Illinois, donde nos casamos en un esbelto día invernal, con mucho sol y nieve en tonos mates, como son las magnolias. ¿Quieres ver un retrato? Mira: Aquí estoy, Omar, vestida con un abrigo de ante forrado, baratón. Era una especie de saco largo, de cuello de piel teñido de azul: no de zorro azul. Romano, a mi derecha, observa a Alonso Michel, un chileno que sonríe bobaliconamente a su amante, una japonesa espantosa, por cierto. Nos casó un cura vasco, alumno de Romano, cuyo apellido es verdaderamente impronunciable, buen hombre, cuadrado, jayán. ¿No es de dar risa cuando el amor libre y el matrimonio mismo se encuentran siempre descalificados?

Pero aquel día pasó y ahora, un 22 de enero, no has muerto aún. Y como tú no requieres del tiempo todo sucederá de acuerdo con las reglas de mi propio juego: será siempre ese día porque la suma es cuatro, símbolo de lo que cristaliza en la existencia. Por eso debo decirte que —como para mí sí cuenta— llevo tres años de casada y no tengo todavía queja ninguna de infidelidad. ¿O la tengo? Sospechas, nada más. Pero Romano es constante, cariñoso y cuando quiere, tierno como el limo que les pone a los helechos que con tanto esmero cultiva. A veces es un pez de cálida sangre, un delfín chocarrero que emerge o se sumerge a discreción; pero se suele convertir en tiburón, pues su bestia está a flor de piel. ¿Lo sufriste en esas condiciones? Es posible que no, porque lo cotidiano no fue nunca el elemento en que nadaban. Recuerdo en cambio que en dos de sus cumpleaños le llevaste libros, pero que luego le diste uno último a escondidas por miedo de dos parcas —tu mujer y yo misma, Mariana—. A este triángulo lo manejaste oculto con los escapes de rigor, los que acostumbras, a manera de hileras de un humo espeso y serpentino.

Ven, vamos a la cocina. Mira qué hermosa vista a pesar de que al fraccionar han arrasado con un paisaje típico: magueyes, nopales, pirús. No tenemos remedio;

somos un pueblo bárbaro y vandálico. Esta casa, arbolada, tiene su propio ambiente: las acacias moradas y las viejas encinas detrás de la terraza dan a ese desfiladero que año con año deja pasar las aguas del antiguo río, ahora contaminado. Nada está igual. ¿Oyes aullar a Valentina? Lo hace porque está encadenada a escondidas de mi marido y por la melancolía de no estar con él; a lo mejor, también, porque hace mucho no subes hasta aquí; hasta esta casa donde vivo aún, en el entendido, para todo mundo, que hace ya tiempo que la abandoné.

Obsérvalo nuevamente en nuestra boda: él no es apuesto, ni mucho menos guapo. En cambio —hemos de convenirlo— suele gustar, es atractivo y posee un toque, algo que despierta la sexualidad en los demás. No sé si es la piel, o los trazados pómulos, o la barba espesa y partida, con un huequito en medio que al sonreír parece convidar a quien lo mira. Al hablar —lo sabes bien— se derrama y envuelve a los demás en una cálida red inaprehensible. De esa manera yo me salpiqué con ese manantial, pero aun así, y debido a una bendita enfermedad, jamás podré quedar embarazada porque ¡cómo detesto la maternidad! Lástima por él, que desea un hijo que si rechazo es porque mi vientre se quemó y aún huele a humo, si te acercas a olerme.

Pero si lo conocí en Arquitectura, por haber sido mi maestro, también es verdad que nos hicimos amantes cuando Fabián y yo aún lo éramos. ¡No habré de recordarlo cuando, por la cercanía de los dos, dentro de mi cuerpo y de mi espíritu no hubo sino equivocaciones! También fue su maestro, sólo que Fabián se propuso conquistarlo cuando aún vivía en la Calle de Orizaba, en un departamento alquilado donde yo solía visitarlo a escondidas, para que lo ignorara mi familia, pero las cosas se contagian y quién lo dijera, ahora soy peor que ellos pues en lo tradicional me siento más segura.

Su carácter y el mío no compaginaron, además de que su admiración —la de Fabián— se confundió con la pasión. El suyo era una especie de furor parecido al tuyo, porque hasta llegó a escribirle cartas por mitad: y si a la izquierda le hablaba respetuosamente de usted, a la derecha lo tuteaba como si ya fuera su amante. Es obvio que tampoco esas cartas, con el descuido de Romano, se me pudieron escapar.

Pero ahora copio, para refrescarme la memoria, un trozo tuyo, que no dice mucho: «En la mañana aflojé las piernas con el ejercicio. Rita en la oficina. Mis hijos en la escuela. Yo, pensando obsesivamente en salir y en que sea una hora decente para hablarte. Empecé un cuento dedicado a ti, sobre ti; pero el esqueleto no se llena sin esa pulpa que desconozco y que aún no me has dejado paladear a solas, como yo desearía. No soy tan buen escritor para imaginarte, de modo que lo hago viéndote armar maquetas fuertes y ágiles, como las que el visitante puede contemplar en las galerías de El Escorial, donde sala a sala se explica cómo se fabricó aquel escalofriante túmulo funerario. Romano, pronto nos veremos. Te llamaré.» Y firmas. Extraño ¿no es así? La pulpa ¿es la carne, Omar?

Fabián lo asedió: que si la invitación a comer, que si tal libro, que si una consulta al salir de la clase; que si la invitación a caminar por el bosque de Chapultepec. Tengo una fotografía de los dos, un gracioso documento que debería ondearse como bandera de una sociedad: la de un obvio número de anónimos que ustedes deberían fundar. Ya, ya sé que es una broma de mal gusto que posiblemente enmiende, pues al escribirla me obliga a hilvanar un poco en el vacío. Sin embargo por la relación misma de ustedes —la tuya con Romano— hurgaré en la correspondencia que me apoyará para no caer en la calumnia, moralmente tan apetecible para nosotras, las mujeres. ¡Si supieras lo que me hizo Gregoria!

Por lo pronto me desahogo y me descubro. En realidad Romano dedica su tiempo solamente a sí mismo (la iglesia en la Colonia Roma y Maguito son el meollo de su vida); tiempo de un matrimonio en el que a mí me incluyó en forma tangencial. Su sobrina, a quien trataste varias veces, dice haberlos visto —a ti y a mi marido— en el bosque, leyendo en una banca, abstraídos a tal punto que no la vieron pasar, entre los ahuehuetes y el acartonado rumor de los héroes caídos para «defender» a la patria. Gregoria los siguió hasta que llegaron a la fuente de don Quijote, la que ya desapareció, como todo sucede entre nosotros. ¿Leíste allí alguno de tus cuentos?:

«Trepó a las barcas y ordenó izar velas, y en su pensamiento había la obsesión de asomarse a las aguas salobres y hablar, allí, con quien en tal momento surgía del fondo de esas agrestes zonas que protegen las marinas deidades. Entonces Venus, con su radiante aura dorada, tranquilizó a su hijo diciéndole que no tuviera miedo, que ahora sus labores consistirían sólo en fundar enormes muros para el panteón troyano».

Linda prosa la tuya, pero me huele a robo. Con ella, claro, cercabas a Romano pues bien conociste sus más débiles flancos: leer literatura aunque fuera arquitecto. Pero en aquellos días Fabián no se me salía de la cabeza, tal vez porque haya estado al mismo tiempo enamorado de los dos —de Romano y de mí— pues sin linderos y sin compromisos amar no deja de ser un atractivo. En todo caso, ¿no es el corazón del hombre de una insoportable amplitud? Este otro triángulo fue antes del 68, cuando varias veces Fabián me dejó esperándolo para ver a Romano. Y fue él, Fabián mismo, quien me inclinó a entusiasmarme por un hombre veinte años mayor que yo y que en principio no era de mi gusto, a pesar de que sus lados femeninos me atrajeran. Después, por debajo del agua, competimos por él, ya que la vida es tan perversa como una obra de enredos, siempre que el drama lo escriba quien sepa asesinar.

Luego, aprovechando que Fabián sacó una beca para estudiar en el extranjero fui yo misma —sola— a la casa de Rinconada con el pretexto de una carta pública en apoyo de los estudiantes y en contra, claro, de Díaz Ordaz, a quien mi marido llamaba —y todos nos reíamos al oírlo— *Juntacadáveres* porque estuvo de parte de los estudiantes además de haber sido amigo de Revueltas, quien en Rinconada lo visitó mucho tiempo después.

Pronto nos acostamos. Dejé ¡qué alivio!, mi frigidez con él. ¿Sabes lo que es convertirte en mujer por tener en tu cama, por vez primera, a un hombre? No a un macho, Omar, a un hombre, aunque serlo no sea sino una conjetura. Por su parte Fabián nos escribió incitándonos a los dos sin sospechar lo que pasaba. A mí me prometió un matrimonio naturalmente tradicional (vestido blanco y flores); a Romano un matrimonio, si es posible decirlo, de vanguardia, cuya base era dejarlo todo para alcanzarlo en Munich, sitio del que partirían para viajar. Fue un estúpido anzuelo, a ver cuál de los dos pescaba la carnada. Pero el agonizante pasado murió y en vez de Munich fue Chicago, donde Romano tenía excelentes posibilidades de trabajo. Fabián se sintió doblemente traicionado porque, según dictados de su vanidad, lo amábamos ambos y por celos quisimos atraerlo al mismo tiempo, tal vez para no destrozar el añorado y vacuo triángulo de amor. Pero desapareció de nosotros, así, sin más ni más. Qué poca cosa son la vanidad, los celos y la envidia cuando se siembran en desierto, allí donde las nubes han desaparecido y los cactus picotean el espacio. Bonita jugarreta de la vida ¿no es así?: el orgullo te dicta que te aman; la realidad te entrega, simple y llanamente, el desamor.

Fue entonces cuando nos fuimos a Chicago donde, fuera de asuntos que dirimimos al principio, marchó bien la pareja. Él dio un curso en la Universidad mientras a mí me quedaron las tareas de cocina. Mis pobres manos se me hicieron pedazos, Omar, pedazos. Él, que no quería verme sufrir, me dijo que me regresara al seno de mis padres: ¿te das cuenta de la ironía? Pero sea como sea yo me quedé en Chicago sin saber si era por el propio Romano o por no querer volver a lo habitual, a ese cotidiano siempre acechante de mis huellas, de mis cuitas oscuras, de mis pasiones y —aunque resulte cínico decirlo— de la amplitud de vivir sin más molestias que las que a mí misma me causo porque soy para mí, aunque a mi marido le hable de sometimientos y mortificaciones. ¡Ah, si supiera que me tiene confianza!

Como jamás quise aprender el idioma mi tiempo lo dediqué a escribirle a Jose Enrique —Jose, así es, sin acento—, a quien no conociste y que después se hizo operar la cara quedando, el pobre, verdaderamente deformado. Pero me entretenía, como siempre, escribir. Fue, lo reconozco, una tarea vana y ociosa a la que Romano no opuso resistencia pero en venganza me dejaba, de cuando en cuando, un libro de inglés al garete, un manual para principiantes de lo más humillante. De ese modo, marginada, lo fui de todo: del cine, del teatro, de las invitaciones de los Mayer; de las de Susan y de Jackie, unas judías que eran pareja, cosa que a mí, en aquel entonces, me impresionaba al grado de no quererlas ver, aunque me acicateara por lo bajo la curiosidad de atisbar a dos mujeres que se aman.

Fue por esos días —un 22 de enero, en el que cayó una granizada— que un amigo suyo, un joven colombiano residente en Chicago, le mandó un soneto a modo de retrato. Abrí el sobre (naturalmente con el vapor de la olla) y, resellado, se lo entregué a Romano. Tú, Omar, que eres poeta, puedes saber lo que a mí sólo me baila en la cabeza, pues no comprendo nada. Transcribo la primera línea:

Reside la extrañeza en los huesos más íntimos,
verso que está, aun para mí, cargado de una sexualidad
penetrante y sola; pero me resulta inaprehensible, si
quieres un poquito abstracto. Romano lo dejó encima
de un buró y me dijo textualmente: No sé de qué se
trata. ¿Quieres que salgamos, Mariana, a ver a Bel-
mondo? Hay una rueda de prensa universitaria, aquí
mismo, al lado del departamento. Después pondrán *Sin
aliento*, película que desconozco, ¿vamos? Y no se
volvió a hablar más sobre el asunto, porque así le
convino desde su nido de águilas.

Me comporto como un mal detective, pero
nunca tuve otros recursos. Fabián también escribió un
par de cartas insistiendo en lo del matrimonio. Yo se
las enseñé a Romano pero me contestó que era libre
como el aire en el aire; que eligiera entre Munich y una
ciudad como Chicago. Es tu oportunidad, la de saber a
cuál de los dos quieres. Me lo dijo con una flema que
a mi vez me dejó congelada. ¿Con quién demonios
compartía mi vida, si él me dejaba en una desusada
libertad?

Pero ahora mismo aquéllos —polvos de viejos
lodos— sólo me ayudan a apuntalar lo que a nosotros
nos concierne, no más, pues Fabián no es sino el
antecedente de lo que realmente me importa: mi
marido, tú y yo. Rita para mis propósitos no cuenta
aunque te haya destrozado sin llegar a entenderte,
sometiéndote a los caprichos que una mujer como ella,
de clase media baja, impone como una miserable
cabeza destronada.

Mariana. ¿Sabes por qué me llamo así? Porque
mi madre, antes de nacer yo, leyó las cartas de amor
atribuidas a la monja portuguesa, cuyo destinatario
—según la leyenda— fue un oficial francés. Su
admiración me legó el nombre pero en cuanto a la
correspondencia, nada nos une: ¿la conoces, ratón?
Fuera del capricho de mi madre, que nos unió al

desgaire, no nos parecemos para fortuna mía. Mariana Alcoforado fue apasionada, tonta, lloriqueante, mala escritora, notable por la novedad de tamaña aventura. Se dice también que fue un hombre: he aquí una versión extraordinaria. Pero no, fue mujer porque supo esperar hasta que la ausencia, convertida en un rencor sustitutivo, la llevó, enclaustrada, hasta la muerte. ¡Y todo por un maldito seductor, seguramente de bellas facciones y corazón almidonado! No, no soy la monja Alcoforado; soy Mariana Alaniz, una mujer que desea triunfar enseñando a la gente cómo lleva adelante una derrota.

No obstante a mí —a quien le habría interesado ser actriz— también me hubiera gustado ser ella, escribir esas cartas lacrimeantes y pasionarias: tapiarme además en un convento habiendo perdido, con un oficial del ejército francés, mi virginidad. ¿No te parece maravilloso? En cambio aquí estoy, presa de unas pasiones y un cuerpo que no carecen de marido, sino de un marido eficaz ya que el sexo, como bien sabes, sólo es parte del cuento: del cuento simple de una pareja que convive, aunque por lo general no se soporte.

Y así en Chicago escaparon los meses hasta que, para no regresar a los hábitos de siempre (paso por ti temprano; lástima, no puedes llegar después de las diez; tu padre es un reaccionario; ya ves que tu madre bebe a escondidas y puede ser muy agresiva) nos casamos en el extranjero para que mi familia, sobre todo mi madre, nos dejara de fastidiar. A menos (me repitió Romano) que quieras irte con Fabián, porque si voluntario es arduo, por la fuerza casarnos sería demencial. En cuanto a Romano o nunca me quiso o intentó hacer del nuestro un matrimonio poco convencional, pero ¿por qué? ¿Por haber trabajado aquí y allá en museos de Alemania, de Nueva York, de Roma, de España, alguno más de Oriente? ¿Le da su fama derecho a marginarme? No estoy a su altura, para decirlo con franqueza: las mujeres de sus amigos arquitectos, ricas, inmensamente estúpidas ¿cómo pueden entender a una pareja como la que nosotros formamos? Por eso, cuando recibe a sus visitas, las más veces finjo un buen pretexto y me refugio, ya escribiendo, ya hablando con mis íntimas amigas, ya en la televisión.

Por eso mismo sin dinero, sin una posición social propia, ¿qué iba a proporcionarle? ¿Se casó sólo por conveniencia? ¿Cubriría así con una máscara múltiples rostros de carnaval? ¿No los exhibía ya, indiscretamente, antes de conocerme? ¿Fue no por amarme sino por la seducción que ejerció sobre mí? ¿O por querer liberarse de sus hábitos viejos, así fueran los que le sabemos? ¿Sería muy temerario referirme, Omar, a los que contigo después reverdecieron?

En cuanto al hijo que siempre anheló ¿no se dio cuenta de mi rechazo, tanto más fuerte mientras más fingí? Yo lo habría desdeñado instintiva, animalmente pues ninguna concavidad, por profunda que sea, me hace ser madre. Tú, que nunca supiste de nuestro pasado, ni jamás te importó; tú, ocupado en tus obsesiones (me refiero especialmente a mi marido) sólo pensaste alocada y suicidamente en él; luego, arrepentido, volviste la mirada a tus hijos, a Rita tu mujer, al desempeño —mucho más que perfecto— de tus labores universitarias sin saber, ratoncito, que no habrías de llegar a los cuarenta.

Por eso tanto el pasado de mi marido, como Romano mismo, se te escaparon de la mano como un pájaro, como el humo, como las nubes cuando se convierten en granizo o en lluvia; cuando también se vuelven lodo.

Él, por su parte, se me trocó en una pasión, sobre todo a partir de su trato contigo, pues las inclinaciones de un hombre por otro hombre fascinan y repugnan a una mujer al propio tiempo. Yo me quedé con el atractivo matando, como es natural, al rechazo, pero a la vez con la mordedura de la desesperación, la crueldad y los celos. Pero ¿no será que en ellos encontraré mis flancos más ocultos ya que la cercanía contigo me remite —además de a una tumba— a sacar mis propias voces soterradas?

No puedo, no debo escatimarme porque, de abrirme, podrían también llegar otros sucesos —por lo pronto escondidos— con su cauda de indicios, de señas; ricos en un idioma enfebrecido por su ambigüedad; por ser tangenciales también. Pero nunca, jamás, directos, temerosos de ser capturados por alguien que, como yo (reciamente obsesiva) estuvieran a mi propio alcance. Pero aun antes de comprobar nada —¿lo puedo ahora?— me he sentido despechada, plena de venganzas que, por haberlas reprimido, se agostaron, marchitándome a mí de paso. ¡Ah, si pudiera confundir tu muerte con otra cualquiera! Pero ésa, la tuya, me hizo encorajinarme porque —ya fallecido— nada puedo hacer sin contendiente. Te llevaste el amor de Romano por lo que yo, a fin de no quedarme sola, le arrebaté a mi vez el de Sandro, porque él me aclaró que su matrimonio con Gregoria estaba liquidado; que la de ellos era una pareja inocua, sin los elementos de un verdadero matrimonio: excitación, vida interior, profundidad sexual... ¿qué más?

Ahora te escribo regocijadamente, humor que no tuve cuando, en vida, tanto daño me hiciste. Por eso quiero preguntarte —si es que ya sabes más— sobre nosotros, los que estamos aún vivos; sobre nuestras relaciones, incomprensibles para los demás o por corrosivas o por mal nacidas. A las primeras pertenece el amor; a las segundas el sexo, el poder, el dinero. ¿Las conoces mejor o ya no te interesan? Dímelo, pero no con la cautela y la sagacidad con que le escribías a Romano. No sólo guardo la copia de las cartas; también la de tus cuentos, de tarjetas y hasta de telegramas. Y es que mi marido me confió la llave del apartado del correo, qué vergüenza —¿verdad?— facilitándome, así, robarlo poco a poco: pero tales son mis excesos; abusos de confianza que nunca jamás me enriquecieron. Porque a los papeles, Omar, las hogueras se aprestan a reducirlos a ceniza.

Por lo demás el infeliz no supo con quiénes habría de toparse: con alguien como tú, tan miedosillo, tan tramposo y huidizo; o con alguien como yo, insistente, compulsiva, belicosa, mordaz. Sin embargo te pareces a mí, Omar, cuyas pasiones carecen de la menor pizca de amor.

Pero si tus relaciones con Romano aún me ofuscan es porque después he sido timorata a pesar de mí misma, ya que poco disfruto de la vida. Otros fueron mis tiempos de casada pero ya no hay remedio, ahora que soy una mujer madura. ¿Sabes acaso de ninguna Penélope que espere pretendientes a los 47? ¿Te das cuenta cómo pasa la vida? Porque es mentira que corran los años setenta; porque me he vuelto paranoica al separarme de Sandro; porque obviamente antes, mucho antes, me divorcié del amor de tu vida, de Romano. Pero ¿tengo derecho a decírtelo? Contéstame, para que mis culpas caigan en terreno propicio.

«Fui a tu oficina a buscarte. Obviamente tu secretaria salió a comer. Tu despacho, cerrado con una doble chapa, debe esconder secretos enmohecidos. ¿Cómo apoderarme de unos cuantos? Todo me atrae y todo me confunde: que estés casado, que desees tener hijos, que seas un famoso arquitecto; que hables de Kant o leas a Dostoyevsky; o me hables de tus amigos, ya el Pelón de la Mora, ya Barragán o del Moral; o te refieras a tus proyectos. Ayer te atisbé al salir de tu casa: ibas a correr, con una camiseta calada —de color azul pálido— ajustada al tórax. Y qué bien te veías, como un cuadro de Ingres, o de Bronzino. Pero de tener en mi mano unos cuantos (hablo de tus secretos)

¿no volarían al intentar penetrarlos hablándome únicamente de tu soledad?»

Me doy cuenta que el mío es un juego desigual:
apareces o desapareces conforme a mis deseos. Porque
estar muerto es sellar una escritura permanente; es no
tener destino ni destinatarios; es un exceso evaporado,
sumiso, convincente. Pero tú no lo estás mientras vivas
en mí, para mí, por mí, recuperándome el rencor. Es
por eso que ahora te contaré lo que hice ayer:

Eugenia Castro me acompañó a que me leyeran
las cartas. Me presentó con Margarito, un hombre joven,
un maricón de tres al cuarto que dice tener muchos
poderes encajados, agrego yo, en un ceremonial
pomposo.

Llegas: te pasa a la sala una asistente mientras
de lejos Margarito te sonríe con una mueca parecida
a las de las mascarillas olmecas, pero él no es de
barro: es de latón pintado con tierra prieta y mate. La
mujer, en tanto, te pone en la mano un huevo que
previamente te han pedido que lleves: ya sabes, el
ritual de rigor. Pasados unos quince minutos te llevan
una bandeja con pétalos de rosa y con ellos te limpias
la mano vacía. En seguida lo dejas y te acercas a una
pequeña mesa. Allí saca un paco de cartas y,
mirándote intensamente, baraja y tiende con vigor,
ávidamente, para robarte tu destino.

Le pregunté no por mí, sino por Romano y por
ti. Sacó dos cartas, «representativas»: una, el Rey de
Copas, por él; la otra, la Dama de Oros, una mujer, por
ti. ¿Qué extraño, no te parece?... una mujer. Barajó.
Entonces me dijo, sorprendido, que ya no estabas entre
nosotros, pero que aun así podía decirme que ustedes
dos se conocieron no hacía tiempo. Que fuiste a ver a
mi marido con tales y cuales pretextos. Que lo abordaste
después con angustia (eso decían las cartas) porque tú
—a pesar de tus estudios y de tu matrimonio— fuiste
un hombre solitario y muy triste.

Luego hizo una pausa porque al parecer hubo signos indescifrables. Cuando yo le dije que habías estado enamorado de él no le extrañó pero aclaró que era incomprobable en el tendido. En cambio dijo que la atracción entre ustedes fue arrebatada y mutua, por lo que prosperó hasta el momento de aparecer tu mujer, quien naturalmente te prohibió ver a mi marido al sorprender tu entusiasmo por él. Lo que deduzco (y no por sobra de imaginación) es que Romano no se acostó contigo nunca, pues de otro modo —con el tiempo— ambos se hubieran sentido, si no felices, satisfechos. Pero no, al contrario, intuyo en mi marido algo que jamás te perdonó: que deseabas irte a la cama con él para no correr el peligro de amarlo: una aventura, en suma, ¿me equivoco, Omar?, ¿fue así? Él, entonces, por vanidad herida, te rechazó. Eso también lo dejó entrever Margarito, a quien le tengo horror.

Esta última es una historia idealizada que me gusta recrear porque los celos, aunque retrospectivos, se aminoran. La unión entre ustedes convirtió a Romano en un ser meditabundo, encerrado en sí mismo. A ti —pues que te he padecido— en alguien nervioso, temerario y apocado a un tiempo aun cuando por dentro tus pasiones, por no realizarse, te hayan llevado a enfermarte con una regularidad sospechosa: la del *enfermo imaginario*, aunque ahora se me escape el nombre del autor, que tanto le gusta a Romano.

No paran aquí las cosas, sin embargo. Después de la lectura me hizo salir al patio. Había luna llena. Quebré el huevo en un plato blanco y, para mi sorpresa —y mi desazón— tomó la forma de corazón en cuyo centro existía una mancha: algo parecido a la sangre, ¿lo sería, Omar?, grande como un balazo, ennegrecida. ¿Fue quizás la premonición de sucesos horribles? Margarito afirmó que no: que yo había estado amenazada y que, por la limpia, me había escapado de morir, pero yo sé que no, que hay muchas cosas que me ocultó y que acaso se develarán más adelante.

Confieso que me ensombrecí. Confieso también que jamás he sabido si fue un truco y si el truco posee un significado, el que sea. ¿Lo sabes tú? Pero como el asunto tiene un lado cómico, entró un perrillo faldero y se tragó el huevo con todo y el balazo. La Nena me dijo que era verdad: que yo me salvé: me salvé sin siquiera saberlo. Pero mis odios y mi rencor eterno no azuzan aún al asesino, que me habrá de esperar, lo sé, merodeando la calle de mi casa, intuyo que en forma de mujer. Por eso Margarito es un pobre impostor al que uno acude porque no se tiene más remedio si no desea asfixiarse en la presión que la vida nos presta.

Por mi parte, al salir, seguí atónita, entre divertida y amedrentada. Jamás pensé que unas barajas españolas pudieran decir tanto. El cartomanciano agregó que Rita, tu mujer, te maltrató reiterativamente amenazándote con un escándalo público. Y aunque nunca lo corroboré pienso que acordó algo hablando con tus hijos de cosas tuyas, íntimas, que avergonzarían a cualquiera. Y sin embargo ella tuvo razón pues a su modo Romano irrumpía en la felicidad de su matrimonio mientras tú, ratoncito, no sólo rompiste con el nuestro sino que te escondiste en el hoyo para esquivar al gato fuera, éste, quien fuera; para esquivarlo hasta el día de tu sepelio, en que se encontraron frente a tu ataúd los dos —Rita y Romano— y se abrazaron amistosamente pues nada, lo que se dice nada, había pasado. Qué belleza tener que aparentar en medio de lo fúnebre de tu carnaval.

Aquella noche Susana Rodríguez (me lo dijo Romano) lloraba por ti como si ella misma hubiera enviudado. La pobre estaba ebria. Los demás —todos de la Universidad— eran un témpano flotando en aguas congeladas pues nunca a nadie te entregaste. Supongo que mi marido te llevó unas flores pero no quiso quedarse a velarte pues el duelo era para él: fue, naturalmente, un luto propio, de modo que a partir del momento del pésame volvió a esta casa, a Rinconada, donde me encontró entregada a mi cuarteto de Canasta pero pensando, para mí, en si algo profundo escondía; o si haber ido al velatorio en San Fernando fue simplemente el cumplimiento del pasado y de la frustración. Pero no lo sé, Omar. Ignoro también si le dejaste una huella o, si se quiere, una herida de las que están a flor de piel, de esas que a la larga se pudren y huelen a cadáver.

De ser las cosas como yo las pienso, me repito a mí misma que Romano y tú nunca fueron amantes; por ello, mi pequeño ratón, te enamoraste de él, a pesar tuyo. Fui un par de veces más a ver a Margarito, pero nada te digo por el momento pues me cuesta escribir sucesos en los que apenas creo. Las cartas mienten. *Non, les cartes ne mentent pas.* Es mi historia, Omar, de la que no te puedes evadir, aunque yo lo quisiera; una historia escrita a trompicones, cierto, pero hecha para saber cómo me completo a mí y al mismo tiempo para que disipes, en el más adusto de los páramos, tu melancolía.

¡Cómo completarme, no estar inconclusa! Nacida dentro de una familia de tantas, no la convencí de estudiar teatro, lo cual cuadra con ciertas frasecitas de Romano en el sentido de mi falta total de talento. Por ello te confieso que ser una actriz y yo somos agua y aceite. Al reflexionar sobre mí misma todo me lo confirma: mi voz, sin registros; mis piernas, flacas; mi pelo rubio y lacio; mi cara, bonita, sin ningún atractivo. Si ahora me contemplara en un espejo sin embargo no estaría mal: vestida de negro, con ojeras violáceas y un greñero a propósito echado sobre la frente, a manera de fleco para romper la monotonía: no, no estaría mal. Tal vez hasta pudiera gustarle a un hombre del montón, de los que yo rechazo. Me invitaría —de estar en algún bar, sola— a tomar una copa y después —¿por qué no?— a un hotel de paso, para amarnos sin amor, como bestias.

Pero no; soy de otro modo: no nací para el placer sino para saber qué significa unido al sufri- miento, estúpidas divagaciones de solterona ya que mis parejas —Fabián, Romano, Sandro, alguien más de quien ya te hablaré— se fueron, todos, para siempre, obedeciendo —mira qué maravilla— el mandato de un demonio misógino y burlón.

Por lo demás la casa de Rinconada tiene algo misterioso a pesar de Maguito, una vieja, obvio es decirlo, a ras de tierra, incapaz de comprender las complejidades de su hijo. A mi lado gime Valentina, pero le doy un empellón para adueñarme del silencio; para meditar y sentir que soy alguien con suficientes méritos, pese a todo, para ser una actriz. Ya en el escenario, ¿puedo aborrecer sinceramente a quien me roba a mi marido? ¿Logro competir con tu esposa, Omar, que por insulsa merece a una pareja adúltera? Sea como sea (además del de las once de la noche) hay telefonemas en la madrugada. Nadie responde pero oigo, eso sí, un jadeo angustioso, como de alguien que estuviera amordazado. ¿No fue ésa tu costumbre cuando yo contestaba, fuera la hora que fuera? Miedosillo de mierda. También —¿por qué no?— anónimos por el correo: *Su marido la engaña con el mío*. Si es Rita la que los escribe, es natural que me deteste y a ti te desprecie.

Entonces camino imitando a la Davis, que mueve el cuerpo como si se quebrara. Y fumo como ella, que al echar humo traga víctimas; y me miento, como se miente ella, hasta que mata o se suicida. Y quisiera asesinar a Romano o aniquilarme, sin arrepentimientos. O cavar una morada doblemente silenciosa, para ti.

Luego, por impotencia, Omar, escribo, mirando de reojo el sillón de Maguito, uno francés, de cuando

entró Maximiliano a México. ¿Sabes que no tiene
ninguna enfermedad? Le encanta el parloteo con amigos
y con familiares, feliz de estar en su reino, porque
Romano, aunque guarda distancias, la venera. ¡Qué
horror de vínculo! Sé, por lo demás, que entre ella y
tú determinarán mi matrimonio. Pero dejemos esas
cosas: te ofrezco un cigarrillo para que mi actuación
sea de verdad. Pero no: soy torpe y ñoña. Los papeles
que haría —de segundona— para nada me atraen.
Entonces sonrío sin enseñar la dentadura, que no es
la de Romano, un rosario de marfil que yo le he tocado
con la lengua siempre que hacemos el amor. ¿No te
da envidia?

De mí misma no logro decir mucho más. Mis
padres me disgustan tanto como a Romano. Se burla de
ellos, no sin gracia. Le horrorizan los muebles tapizados
de plástico y el que vean televisión sentados a la hora de comer. También que mi padre hable de sus
negocios, reducidos a unos ultramarinos pues mis
abuelos nacieron en España. Pero le divierte que mi
madre beba a escondidas. La imagina borracha, hace
dengues y ambos nos reímos porque yo no la quiero:
me tiene celos, envidia de que mi padre me prefiera.
Pero aunque a medias me desentienda, la verdad es
que mi marido se aburre a mi lado. Es exigente y
culto, cosas que admiro pero que o me destrozan o
me disminuyen. Afirma, el maldito, que toda mujer es
prescindible. Entonces no tengo más remedio que
reírme porque me abraza (atándome los brazos por la
espalda) y me impide amablemente jugar Canasta, para
envidia de mis amigas, que lo corren de la antesala.
A veces insiste en que estudie o lea literatura porque
lo que me inquieta es escribir, claro, como que la
carrera de arquitectura quedó sin terminar.

Y repite que no me ve en un escenario. ¿No es
cierto que es mi padre; que es un padre ideal, por
incestuoso? Pero ¡es tan ardua la página vacía! Y yo sin

ortografía, con el diccionario a mi lado; yo, enorme blanco de las bromas por parte de quien te enamoraste.

Y aunque no sepa que te escribo a ti, al mirarme en el escritorio me dice: No intentes imitar a los hombres. Hazlo como mujer y di por qué la cultura siempre las marginó; por qué han sido el lado lunático, tangencial, de la vida. ¿Realmente merecen el desprecio y la marginación? ¿Son así de importantes? ¿Te gustaría ser Molly Bloom o el monólogo de Molly Bloom? Y no publiques nada, y mucho menos pornográfico, antes de lo debido. Se antoja, ¿verdad? Escribir es tocarte por dentro, si no, giras alrededor de tus fantasmas. Piénsalo, no seas perezosa. Levantarte a las diez de la mañana es una enfermedad, ni mi madre lo hace. Así me clava el aguijón cuando, por las mañanas, Valentina y él se van solos al bosque, en una vereda verdosa donde los árboles se tocan las copas y poco a poco se tragan a los vagabundos.

A veces, como ayer, me habló de la vocación y la profesión, que para mí eran lo mismo. También se refirió a *La Princesa de Clèves*, a quien yo tengo la obligación de conocer pues es gélida, orgullosa, marco del que debo aprender para no correr detrás de nadie; y quiso leerme un libro, algo sobre los Templarios, que no sé quiénes son. Dice que en Tomar (un pueblo no muy lejano de Lisboa) hay una torre octagonal, de piedra y mármoles, donde escuchaban misa montados a caballo. Qué ampliamente sexuales aquellos tiempos en los que una mujer o era satanás o se idolatraba como a un dios. Fue aquí, frente a la chimenea, pero me da tal pereza su voz —tan susurrante— que me arrulla y me quedo dormida. Luego entra Sofía y me habla de lo que habremos de comer mientras tomo una Cuba Libre y fantaseo mirándome en un gran escenario, con un vestido de noche, largo y descotado, además de los brillantes antiguos que para las orejas Maguito me dio cuando regresamos de Chicago. ¿Sabes que físicamente me parezco a la Davis?

Como ves —y no te hablo de lo que desconoces— Romano desde sus alturas decide, organiza, manipula, ordena. Pero también, junto a él, está otro: el mago, el filántropo, el amigo ejemplar... el adúltero. Es obvio, ya lo dije, que nos llevamos bien, a excepción de ella quien, por mucho que me trate con amabilidad, me detesta. En cuanto a ti ¿cómo te llevaste con Maguito? ¿No te parece encantadora? Parlanchina, dicharachera, a veces me recuerda a Sancho Panza. ¿Pensaría, dada tu constancia, que Romano y tú se querían como novios? A lo mejor hubiera sido una alcahueta excepcional. Porque la unión de su hijo con un hombre no corre los riesgos de la pareja convencional, en la que suegra y nuera compiten hasta el fin. Sé que me veo vulgar; lo soy, lo estoy; pero una vez perdido el juego ¿qué más da escribir o borrar si todo pasado es, por inalterable, solamente pasado?

Una noche, en Chicago —al salir de un teatro marginal— me dijo que le hubiera encantado, en otros tiempos, haberse acostado con una mujer de color. Luego se rió y cínicamente me dijo: ¿Tú no preferirías a un negro? ¿No lo preferirías a mí? ¿O te acostarías con una negra? Me guiñó el ojo. Tal vez un hermoso *ménage à trois*. Me pareció tan fuera de lugar que desvié la conversación hablando de Miriam Makeba, estrella de esa noche, pero Romano tiene razón, porque los negros me gustan; me gustan irremediablemente. El olor me atrae tanto como su piel, rugosa como la de las bestias. Y sus manos ¿no te parecen unas plantas carnívoras por las que yo, Mariana Alaniz, me dejaría inmediatamente devorar?

Sea como sea en Chicago fui dueña de mi pequeño territorio doméstico: un departamento en Michigan Avenue desde cuyas ventanas Romano se asomaba para ver de ciudad a ciudad, decía él, al fantasma de Gilberto Owen. Y yo a escribir el día entero cartas a Jose que (además de la atroz operación plástica) acababa de perder a su amante, un inglés con el que vivió diez largos años. Aquello era mío, Omar, en cambio esto es prestado como después lo fue todo lo mío; por ello habré de regresarlo como al morir devolvemos la vida. Aun así hago lo que quiero: viene la masajista, voy al salón, me levanto a mis horas y hablo con mis amigas para ir al cine, al teatro, a una que otra exposición de pintura. Las clases de francés —que doy en la Preparatoria— no las preparo, pues conozco el idioma, acaso para poder ir a París para encontrarme allá a Fabián, pues en una última suya me dice que aún me quiere. ¿No crees que sería alucinante enterarme, *face à face*, de si estuvo enamorado de Romano? Este día tiene bellezas sorprendentes.

El fresno de la casa de al lado (que sembró Romano en el terreno cuando era baldío) es una masa traspasada por una luz rosácea que, a manera de criba, enseña un espacio gris, tristón, invernal. Las hojas tiemblan; los pájaros azules y los chupamirtos se apartan con los ladridos de Valentina, que corre por la terraza alta y le lame a Romano manos y rodillas. ¡Cómo me harta! ¿No te parece un escenario civilizado, a trozos de colores mediados con la luz, hecho como por Bergman? El nuestro es también victimario pues todo el que viene a Rinconada despierta a su pesar de algo, sí, de algo, para entregarse después a unos terrenos verdes, viciosos, placenteros. Menos tú, Omar, que estás por siempre amordazado y —con excepción del miedo—, nada te tocó verdaderamente el corazón.

Rosella Berardi, una italiana con quien comparto el departamento y los gastos diarios, no conoció Rinconada. De no presionarme a escribir sobre ti, hablaría de ella, de lo mucho que sabe de pintura y de lo hermosa que es: de que sus actos obedecen a un patrón antiguo, un tanto mítico. Su divorcio la dejó en la calle: perdió parte de su pinacoteca, la del nuevo Mocenigo, Palacio que pertenece a sus hermanos. Me contó confidencialmente que su marido la extorsionó al encontrarla haciendo el amor con su hijo, el de ella, el de su primer matrimonio. ¿Te imaginas qué escándalo? Rosella le dio abiertamente cabida a su derrota y ahora, en México, da clases de italiano, en espera —agregó riéndose— de una derrota mayor aún. Pero ¿cómo no hacer el amor con su hijo, si es exactamente igual al *David*, de Donatello? ¿Cómo no, si el Palacio está en el gran Canal, en la propia Venecia?

Le presenté a mi ex marido la semanada pasada. Fuimos a comer, se simpatizaron y quedaron de verse lo cual indica que Romano y yo seguimos siendo amigos. Por cuanto a Rosella, se ha convertido, como comprenderás, en mi confidente: sabe de ti; de tus relaciones con Romano; de mi desesperación y de tu muerte. ¿Recuerdas que hace dos años que nos presionaste a divorciarnos, ratón maldito? Romano me paga una alta pensión por consejo de su abogado a cambio de un divorcio incondicional. Sé de cierto que —al haber firmado esa cláusula, en la que sólo exigí mi libertad— perdí lo que me hubiera correspondido de los bienes: mi parte en la casa de Rinconada, la de Valle de Bravo, además de unos terrenos en Malinalco y obviamente la mancomunada cuenta bancaria. ¿No te parece que, para ser un verdadero artista, es un hombre muy listo?

Pero cuando recibo la mensualidad siento que Romano me tendió una celada, algo entre diabólico y confuso. Por venganza, lo sé, de algo en lo que tú estás imbricado pero que jamás podré aclarar. Por lo pronto pienso en que él es espléndido, aunque los abogados sean perros hambrientos. Sin embargo, como llegué sin nada, es mejor contar con su ayuda, que me basta para vivir aunque no cese de ambicionar y ambicionar, lo cual no deja de marchitarme por un tiempo, aunque después resurja, para ambicionar más.

Por otra parte Romano nunca supo que si jamás podría embarazarme no fue por su culpa sino a consecuencia de un virus que me contagió alguien antes de Fabián, siendo yo muy joven. Pero ¿qué más da si al decírtelo me siento realmente libre, lista para enfrentarme al amor, a pesar de mi edad? Debo, por lo demás, sincerarme contigo: siembro ciertas ambivalencias porque hay algo en mí, Omar, que atrae como si fuera una mujer muy dócil; pero también existe un descaro —algo como de prostituta—, que a los hombres les gusta solamente en la cama, por mucho que jamás haya traicionado a Romano. Se da todo al unísono pues las cosas, para enredarme, se entrelazan a un tiempo. Lástima no poder representar ambas mitades en la escena, con dos máscaras ensambladas, cosa que a Romano, a pesar de mi falta de talento, le encantaría mascar, aunque no lo tragara.

Y ahora, para los efectos de mis confidencias —un 22 de enero, obviamente— después de contemplar el fresno que surge, como quien dice, de la estancia, bajo a la biblioteca. Me molestan mis sueños, pienso contemplando los libros, pocos y cuidadosamente empastados. Me refiero al pajarito, el que encontré al caerse del nido al entrar a la casa con Valentina, un día en que mi marido se había ido a la revisión de la iglesia. Aquél fue el momento en que empecé a escribir mis notas, cada vez más fatigosas, más adustas y apesadumbradas. En la pesadilla —en una sala de hospital, yo de enfermera— le corté la cabeza para evitarle sufrimientos, pues boqueaba, el pico desproporcionadamente grande. Horrible, de verdad. No hubo sangre, pero se convertía —allí mismo, en el quirófano— en larva. Instantes después ya era una mariposa de las que en noviembre se cruzan con nosotros en la carretera a Valle de Bravo: las Monarca. Siento que grité, pero no estoy segura porque Romano no se movió a pesar de que ya sufre de insomnios, de modo que despierta con cualquier ruido que se haga. A la mariposa la cogí con un trapo y la prensé en un libro, los *Cuentos* de los hermanos Grimm, aparatosamente melancólicos.

¡Cuánto horror me dan! Ni las serpientes, ni los murciélagos, ni siquiera las ratas —tan, tan repulsivas— me provocan tal pánico. En cuanto a ti, Omar ¿qué te lo causa? ¿Es Rita, tu mujer; son tus hijos que crecen y sabrán que eres un hombre deshonesto?; ¿es Romano, soy yo? Me intranquilizas, mira qué paradoja, pero de mí no habrás de desprenderte fácilmente; no mientras no acabe mis notas, para completarme y así saber quién soy aunque de mi cuerpo salgan vapores pútridos, con los que seguramente me defiendo al tratar a la vida. Pero las mariposas se han hecho, malhadadamente, para empañarme, para hacerme sufrir, para pagar mis culpas.

«Hace tiempo me siento sin ganas de nada. Por las noches tengo calosfríos y deseo quedarme encerrado, como si una campana oscura me cubriera. Pero cuando el día rompe me vigorizo y pienso que ambos podríamos pasear por el *camino azul*, el que cruza el Campus Universitario y que pocos conocen. Entonces deseo saber de ti; de lo que piensas y de lo que sientes. De si te gustaría acompañarme, como si el paseo fuera a eternizarse. Pero las cosas no son así. Me esquivas y tienes razón, porque muy poco ofrezco...»

Dejo tu nota porque tocan a la puerta. Sofía —que es tan gentil como una sirvienta porfiriana— silenciosamente entra. Desde arriba, desde el Mezzanine, me pregunta que si puede pasar. He abierto un libro que abandono para atenderla. Es una joven bella y acuciosa: me cuenta lo que va a cocinar, pues hoy tenemos invitados. Pero ¿será una realidad lo del camino azul o es una clave? Un síntoma, tal vez, de la pasión que ustedes han sembrado. Ya, ya sé que voy más allá de lo que dictan tus palabras, pero cada día me siento mayormente confusa, sobre todo cuando le dices que muy poco ofreces. Me pregunto entonces si Romano te ha pedido algo, y qué es. No lo concibo como menesteroso, ni a ti, Omar, cargando el peso de una generosidad o en su caso de una avaricia ilimitada. ¿A dónde, entonces, me sitúo?

Ahora me apresuro a guardar el libro de los Grimm en una de esas gavetas que tú no conoces. En ellas colecciono mis intimidades además de la correspondencia de Romano, en copias, para que ignore que las tengo. Pero ven, siéntate aquí conmigo. Un tecito caliente, pues debes tener frío. ¿O un brandy Felipe II que tanto sabía de muertes como tú? ¿Qué hacías con mi marido en esta biblioteca? ¡Cómo me habría gustado sorprenderlos, pero no me atreví, por estúpida! Entonces recorro los estantes: hay una Venus, un Cranach que todos conocemos; un mapa de Roma, de la planta monumental; un hermosísimo reloj de arena, árabe; una máscara de Vietnam y un cuadrito con un niño pequeño, con una marialuisa de terciopelo sepia, que tú le regalaste. Es un óleo, pero no es tu retrato. Se trata de una miniatura cuyo significado desconozco. Un Cancerbero, de Francisco Corzas, da acceso a una compuerta donde Romano tiene un lecho para dormir cuando se siente muy cansado y quiere meditar. ¿Te apetece el ambiente?

«He estado toda la semana ocupado en cosas sin sentido. Lamento por ello no haber cumplido nuestra cita —que yo mismo propuse— para ir a Cuernavaca, pero mi teléfono se descompuso y desde mi cubículo nunca entró la llamada a tu oficina. ¿Me esperaste? Me imagino tu desasosiego, con lo exigente que eres. ¿Habrás de perdonarme? No acostumbro hacer estas cosas, pero algo —un vengativo objeto espiritual— se interpuso para que no nos viéramos.

"¿Cómo está Valentina? Ha crecido mucho, desde entonces. Romano ¿eres todo lo libre que me has dicho? Yo no. Mientras más profundos, mayormente me atemorizan mis actos. ¿Podremos ayudarnos? Necesitamos tiempo para vernos; mucho tiempo, también para no intimidarnos. Romper el hielo, que me urge.» Y firmas.

Se trata de una declaración, pues dos hombres no se escriben así. ¡Dos hombres! ¿Qué son dos hombres? Limitaciones, sueños, balbuceos, lagos de oscuridad. Te escondes, ratoncito, pero obviamente no respirabas sin Romano. Me atemorizan mis actos. ¿Cuáles? ¿Amar a mi marido? ¿Saber que con tu timidez no lograste cambiar el rumbo de tus actos que a su vez fueron la ruina de Romano y la mía?

Lo sé con certeza, pues desde que te conoció el matrimonio cambió, delirantemente, para nosotros. Tu diario telefonema, el de las once de la noche —que suspendiste de pronto— cuántas cosas me dice. No en vano poco antes del derrumbe me propuso un viaje a Europa, sola, pues únicamente así —me dijo— toda pareja persevera. De otro modo nos convertimos en rinocerontes. Entonces se rió y me dijo: ¿Has leído a Ionesco? Yo no, pero sé en cambio que por esos días le regalaste una bella cartera de Roberta di Camerino. ¿Te acuerdas que en ese momento llegué yo, y Romano no tuvo más remedio que enseñármela? Fue después cuando supe que tenían en el banco una cuenta común, no sé si para viajar o para rentar algún departamento: su propia casa chica. En todo caso me parece asqueroso. A mis espaldas, como es natural, aunque cada día me brotan nuevos ojos, como se dice que en el cuerpo tienen los demonios.

Pero, si ustedes se aman o se amaron ¿en qué fallé con mi marido? Dímelo, tú que, ahora, debes saberlo todo. ¿Le molestó mi manía por mi cuarteto de Canasta? ¿Mi desapego por su madre? ¿Mi falta de cultura o de talento artístico? En parte, solamente porque él no desea a una mujer así. No, no fue eso, al contrario:

Mariana, lee a Lope, a Shakespeare, a Tirso, a Valle Inclán, a Pirandello —¡por favor!— o a quien te dé la gana. ¿O me rechazó porque nunca me interesó la casa? ¿Consideras que fui una mala esposa? Estas preguntas me atormentan porque no en vano existe el adulterio, formado cuando cuerpos y almas cuentan con ocio para enriquecerse, claro, en una forma de la traición.

«El invierno no acaba entre los árboles; termina en mí, en mis anhelos afligidos. Tú en cambio endureces tus músculos, como los de un joven atleta; haces el amor con tu mujer, como un apasionado amante insatisfecho; sales a correr con Valentina como si te persiguiera la felicidad para entregársete, rendida y sofocada. También ejerces sobre los demás una atracción parecida a cuando los árboles dejan pasar, rama a rama, un afluente de calor, de embriaguez, de intimidad sexual. Son los de Rinconada, ahora con sus barandales pintados de verde muy oscuro, con paredes de color salmón, como de hacienda mexicana.

"Romano ¿por qué no quieres escribirme? ¿No crees que puedo comprenderte, por muchos huecos que te den cabida? Les pongo una lámpara sorda, pero se tragan la luz, que se vierte hacia dentro como un espejo que con la mano —a tientas en la oscuridad— buscara contemplarse en sí mismo, realmente enamorado.»

Es un lindo mensaje, es un mensaje histérico, amarillo, con máscaras llenas de sudor. Pero mi cuento es otro: las clasecitas de francés me enferman. Hoy tuve que abandonar a mis alumnos y me fui a tomar un café a Cinco de Mayo, que me queda muy cerca de la Preparatoria. Caminé por el Centro. ¿Ya te dije que me encantan los trapos? Por eso leo a Galdós, que tan bien entiende a las mujeres, y no los libracones que me endilga Romano. Ayer mismo, al terminar con *La de Bringas*, quise hacer un *pastiche*, pero no lo logré. A pesar de mis fallas (la principal, naturalmente, es la escritura) debo reconocer que con mi marido la vida gira, gira no sólo con el espíritu sino con el sexo porque, ¿sabes? con los dedos me acaricia tan profundamente que llego a mi final amándolo apasionadamente.

Pero si a Romano le gustas tú; si le gustó Fabián, ¿no se trata de degeneraciones que por su parte Maguito pasó por alto permanentemente amordazada? ¿O son los suyos valores entendidos? Pero no: tan vivaz y elocuente no piensa, sino vive. Ama a su hijo de turbia manera, por lo que en esas aguas me deformo con gratuidad. Por eso escribo, para escapar; por eso juego Canasta; por eso hubiera preferido quedarme en Chicago, pero te prometo no hablarte más de mi suegra, para no volverme tediosa. Entonces contemplo aquel gélido lago, donde gentes y gentes han muerto suicidadas.

¡Era tan delicioso vivir en una ciudad, que por blanca que sea, siempre deja asomar una gotita negra y africana! El piso lo aseaba una mucama de Manheim —decía Romano— wagneriana; limpiaba cada tercer día, lo que me prestó solaz y descanso. Tú aún no conocías a Romano, o por lo menos, no lo tratabas. A nuestro regreso debes haberlo visto abordar su automóvil. Seguramente te presentaste, diciéndole, de paso, algún cumplido. Es tan proclive a los elogios como tú a los regalos; dice que sustituyen las caricias. ¿Es cierto? ¿A quién se las das tú por las noches, cuando seguramente te masturbas?

Pero dime, aunque sea obscena mi curiosidad: ¿cómo hacen el amor dos hombres? ¿Es más compleja la unión? ¿Más penetrante? En Chicago con Nora Friss fuimos a *Steps*, un bar *gay* donde pueden entrar mujeres. Bailamos las dos, realmente fascinadas pero ¿sabes a quién nos encontramos? A Visconti, al propio Visconti, que iba con un muchacho rubio, pálido y muy lindo. ¡Qué hombre! Vestido un poco *demodé*, con un traje *huella de pájaro* y un clavel rojo en el ojal, realmente un aristócrata. Estaba en una mesa, frente a nosotras. Luego fuimos a cenar con los Mayer, pero ni siquiera puse atención, imaginándome a Visconti con aquel muchachito desnudo en sus brazos: un halcón albino con una bella paloma mensajera pero... ¿quién era quién?

¿Será verdad que tengo inclinaciones por hombres femeninos? Si fuera así, son consecuencias del machismo. Para que tu compañero lo sea de verdad —le dijo Mathias Goeritz a Ida, su mujer—, antes de estar con él debe haber sido amante de algún hombre: de varios hombres. De este modo, sensibilizado, es el ideal de una muchacha. Pero Ida a su vez le dijo a Romano: acuéstate con hombres y mujeres, para que a la hora de morir nada te falte. Lindas filosofías ¿no te parece? Pero estoy segura que en tu caso hiciste de todo, sólo que a la chita callando, tal como corresponde porque ¿qué habrían dicho de ti, tan hombrecito, tan ratón?

«La otra noche, que llegó sin sentir, estuve cerca de tu casa. Quise tocar, pero no me atreví. Arrastraba un genio de los mil demonios, pero al mismo tiempo sentí intensos deseos de verte, aunque no sé, de encontrarte, qué hubiera ocurrido. Abundante sudor, como lava, me empapó la cabeza; ignoro sin embargo si me salió de dentro o tú me lo mandaste como castigo a mis torpezas. Cavilé, di vueltas frente a la barranca pero como no deseo encontrarme con Mariana, me trepé al coche y escapé como ebrio, medio acalenturado. Nunca me has dicho si entre ustedes hablan de mí. Todo ello me perturba y enferma porque reconozco mi debilidad, que puede tener sus lados positivos, cuando la ligo precisamente a ti.

"Escribí un cuento. Se llama Electra y te está dedicado. Allí te mando, entrelineadamente, unos mensajes llenos de una dolorosa certidumbre. ¿Para cuándo nos vemos?»

¿Me estoy volviendo loca o en efecto se aman? La carta es clara porque no quieres encontrarte conmigo, además que textualmente dices: «escapé como ebrio, medio acalenturado.» No sé a lo que te refieres, Omar, pero lo supongo. Sin embargo elijo, antes que exaltarme, pensar en mi fuerza, la que me lleva a imaginar que una mujer es fundamental para su hogar, así sea que lleve un sombrero de paja o un vestido de noche, descotado y plagado de perlas, junto al mar.

El otro día Romano me habló de la magia simpática. Se desparrama desde las regiones siderales y al comunicarnos nos enriquece y nos da vida. Es una forma del amor: ¿la tendré alguna vez? Si salgo a la terraza para distraer mi nostalgia; si veo a los colibrís finamente destrozando al espacio; si miro la ciudad, atravesada por unas espadas que le prestan inteligencia; si es de Romano de quien me oculto al escribir mis notas, ¿es el amor?; si hablo diariamente contigo ¿es un producto del amor? ¿Si me veo en el espejo, es el amor? ¿Si sirvo para que tú, muerto, me percibas fúnebremente ociosa, se trata nuevamente del amor? ¿Si llegara a besar a una mujer, es el amor?

En la noche de ayer —tengo que confesártelo— sucedió lo de siempre: me quedé dormida mientras Romano me leía a Platón, especialmente a mí. Era un pasaje sobre la reencarnación de las almas, cosas que no dejan de divertirme o de espantarme. Cuando desperté —fue cosa de instantes, según creo— él, herido en su vanidad, ya no estaba en la casa. Pero te repito que lee tan despacio, tan suave, tan rítmicamente que cabeceo y cuando acuerdo ya estoy en otra realidad. Es un ronroneo que me lleva a mundos plácidos y desconocidos. Soñé que los hombres muertos, como tú, no están muertos porque se convierten en imágenes, algo más leves de lo que lo fueron en la vida; y que los vivos, como Romano, son engañados porque, como si fuera un tiempo permanente, se apoyan en la instantaneidad. Cabeceé un deshonroso y delicado instante: no más; pero él no me tuvo paciencia y se fue.

No ignoro que tales bagatelas hacen que la gente se distancie. Luego fui a la recámara, mientras él se lavaba los dientes. No me dijo una sola palabra, se metió en cama y se puso a leer, no sé hasta qué horas. Pero antes, a las once en punto, sonó el teléfono: eras tú, claro, ya que me colgaste la bocina. Mi marido, como siempre, impasible. ¿No es tu actitud muy obvia? Lo que ocurre es que a ti mismo te destrozas con el pretexto de un anhelo que no está en tu camino. Se trata de tu maldito signo, compuesto de un águila y una serpiente: el Escorpión.

Como ves, me exaspera que nada me reproche, ni siquiera porque duerme tan mal y yo estoy a su lado, despertándolo con mis pesadillas. Entiendo que el problema sea aterrador. Romano se ha cansado de explicarme que, a través de sus lecturas de Shakespeare y de Dostoyesky algunos protagonistas (criminales, suicidas, sonámbulos) son insomnes. Me habló del caso de Lady Macbeth y del igualmente espantoso de Kirilov. También de muchos más, pero no los recuerdo. El propio Marcel Proust, a quien no soporto por aburrimiento, escribió su obra a todas horas porque a todas horas vigilaba su vida, agonizante, como el pájaro que encontré al caerse del nido.

Romano me lo cobra caro, por inculta, porque tampoco soporto a sus músicos preferidos: Chausson, Fauré, César Franck. No los entiendo por mucho que los oiga. ¡A qué torturas me somete! El tedio apresa con sus deditos grises a alguien desprevenida, como yo, que prefiere telefonear aunque a veces lo haga a escondidas, pues Maguito la espía. Gasto, según ella, mucho dinero; según ella, quien intenta indisponerme con su hijo. Pero él no le pone atención: estudia, revisa a sus trabajadores en la iglesia y de tarde en tarde mira la televisión o solo va a conciertos, no a bares ni cantinas. Tal es la vida cotidiana, pero de la otra cuéntame lo que sólo tú puedes decirme: ¿qué hacen los muertos?: ¿sueñan con esta vida o la viven de distinta manera?

Acabo de llegar del salón. Subir es sofocante: tantos peldaños para la entrada principal, pues la escalera sube empinada sobre la lateral del cerro. ¿Por qué no se le ocurrirá vender la casa? Maguito es vieja: puede resbalarse y morir; o incendiarse, ya que maneja las estufas sin mucha precaución. Debería llevarla al asilo que está cerca de aquí, en la lateral del Periférico, ya, para este 22 de enero, sin posponer las cosas. Sería una solución para todos, pero no, él no cargaría con el lastre del arrepentimiento. Y es lamentable vivir así, aunque yo no aspire a viajes costosos, ni a pieles, ni a joyas. ¿O sí? Parezco una mujer vanal pero en el fondo no soy tan caprichosa. Quiero escribirte, ya lo dije, para saber quién soy, quién es Romano, quién eres tú. De entre los tres saldrá la resolución del acertijo. Si faltara alguno de nosotros el triángulo se convertiría en un dos tedioso; el dos, en el uno, una lamentable deidad.

Ah, tus renglones, Omar, tan ambiguos. Pero ahora me pregunto si Romano te contestaba aunque fuera de vez en vez pues, de ser así, seguramente sus cartas eran más directas, mucho más espontáneas y frescas que las tuyas. ¿Dónde estarán ahora? ¿Las quemaste antes de morir? ¿O no las recibiste?

Y en este momento Chicago me parece cada vez más lejana, como si no hubiera existido o como si todo fuera producto de la imaginación. Vivimos en el piso 14, abajo del restaurante del edificio. En enero, hace tres inviernos, cenamos allí. De pronto un grupo de jóvenes negras —con seguridad trabajadoras— empezó a cantar y a llevar el ritmo de los *espirituales* con el cuerpo. ¡Si vieras qué sensación de plenitud! Después estuvimos en un bar, el *Nobodies' End* y fui feliz, porque Romano me era fiel y yo, su prisionera, con una soga de lino blanco atada al cuello. Ahora en cambio estoy encarcelada por ti, quien me ha puesto barrotes para atraerme con su fétido aliento y así, detrás de enormes candados de hierro, obligarme a mentir; de ese modo la mentira, al expresarse, presiona a la verdad, que como nace de una fuente, aparece para que oigamos gota a gota nuestro precio, el mío de cobre, el tuyo de cenizas y el de Romano de apariencias porque no hay hombres fuertes, que resistan al embate de la existencia.

Por lo demás es una tortura tener una memoria como la mía, incapaz de fáciles olvidos. Por el momento me sigue perturbando tu hogar, tu trato con tus hijos y, sobre todo, tus cartas y tus cuentos:

«Regresó tarde. Aquel sacrificio fue sangriento. Un toro negro y seis borregos blancos. El sacerdote —él mismo— colocó a la gran bestia con la cabeza al Este. Le palpó la piel pues el animal —con excelentes pastos y cerveza— fue cebado sedosamente un año. Lo obligó a bajar la testuz, tocó la papada y allí, con nobleza, le asestó un eficaz sablazo. Un vino muy oscuro brotó y Arte, hijo de Juno, bebió directamente de aquel manantial, empapándose las vestiduras. Después se limpió los labios con el dorso de la mano y sintió el miembro erecto, tal como debe ser cuando los dioses reciben el ofrecimiento».

¡Ah tus ficciones perfumadas y mariconas! Te lo digo porque te envidio. Me pregunto si soy una persona conflictiva y no sé responderme. Si no lo soy, debo inmediatamente dejar de escribir. Si lo soy, ¿cómo lograr tal privilegio? Romano me aconseja que me valga de una sinceridad vestida porque en la letra —desnuda— a nadie le importa la sinceridad. Por eso, valiéndome de esos ropajes, Omar, te grito que si estuvieras vivo te abofetearía a cambio de lo que me hiciste padecer; te encajaría un puñal en el pecho; o escogería tu yugular para succionarla intensamente en ese hato de temblores que se llamó tu vida. Sin embargo no es demasiado tarde pues estás aquí, a mi lado, acompañándome en la innoble tarea de bordar palabras y palabras. Moriste o te fuiste matando, da igual. Dime: ¿los suicidas ocultos realmente son los efectivos? Fue represo, Omar, esa forma de mutilación a la que te entregaste pues siempre fuiste el enemigo de ti mismo, como en una divertida novela de Agatha Christie, en que el héroe aparenta que lo mataron para que no se sepa que el suyo fue un suicidio: así se entrelazan las cosas ridículas con la tragedia al rojo blanco.

Fallaste como padre, como hijo, como marido, como amante. ¡Si no lo sabré yo misma! Tu vida, aparentemente momificada, cambió con Romano, quien te sacudió el alma para quitarle el polvo, al que no supiste barrer cuando había luz de día. Huérfano de padre, además, ¿cómo no habrían de serte indispensables unas viriles manos que te acariciaran día a día?

Y ahora te diré que Margarito, la segunda vez que me echó las cartas, me dijo que Rita lo supo todo y que por eso tus depresiones fueron constantes. De miedo te fuiste a esconder, con los libritos bajo el brazo, a tus acogedoras aulas. Pero los adulterios los cometemos las mujeres, jamás los hombres, que simplemente tienen casa chica y son aplaudidos por el resto de los otros, ebrios de machismo. Ahora dime: si un hombre casado se enamora de otro hombre, ¿es adúltero o se trata simplemente de una expansión del corazón?

Pero agrega más cosas, porque me siento hambrienta de saber: ¿a qué se debe la homosexualidad? ¿A que somos aborrecibles las mujeres? Yo, de ser hombre, las hubiera aplastado, porque hago el intento: la verdad es que me prestan enorme desconfianza, de modo que entiendo a los que, como tú, les huyen o indirectamente las fustigan. ¿A quién entonces dirigirse cuando existe la infidelidad de dos hombres casados?

¿A Rita, a mí? ¿A cuál de tantas? La de ustedes, frente a nosotras, resulta o una fuga o una venganza, aunque Romano diga que un hombre femenino tiene el renacimiento permanente de un Narciso blanco y solitario.

Desde ese centro se yerguen los amores individuales —torcidos, agrestes, malditos—, los que, por ir en contra de la masa, acaban por ser arrojados muy lejos, para que nadie los atienda. Los otros en cambio, enaltecidos por los beatos, tienen un alto precio. En cuanto a mí, confieso que detesto los pecados nefandos, acaso porque me miro movida por atracciones que juzgo irremediables. ¿Qué seré por dentro si por fuera soy, como tú, un antifaz?

No. Mi matrimonio son corrientes mansas, un poquito asustadas cuando hay remolinos o se advierten cascadas. Pero por el momento todo es llano aunque se perciban, en lontananza, quebraduras profundas que o se evitan o si no, el agua a borbotones se habrá de despeñar. Por eso, para esquivar escollos, ingenuamente mi marido quiere unos hijos que no tendrá conmigo ni con otra mujer, si sigues tú con él, hechizándolo para que se quede sin nadie.

«Mis sentimientos, de vidrio, están siempre empapados de lluvia. Adosados a la madera del comedor pueden verse, gota a gota, resbalar hasta el suelo, quebrándose después en mí mismo. Debo entonces ponerme zapatillas, aunque acostumbre desnudarme los pies cuando camino dentro de la casa. Sin embargo inevitablemente, como consecuencia, a veces me palpo la sangre, que brota de unas heridas pequeñas y profundas, ardientemente religiosas.

"¿Serías capaz, Romano, de sanármelas? ¿Seré yo capaz de no volver a lastimarme? Sólo Valentina, al correr, es tan alada y torpe como los propios vidrios en la lluvia. Dime: ¿cómo va tu aventura leyendo a don Quijote?»

En cuanto a Romano, me dijo: ¿Sigues escribiendo tus notas? ¿Me podrías decir si son solamente para ti o hay un destinatario? Espero que no sea aquel que te absorbió en Chicago y que no te dejó tiempo para aprender inglés. ¡Ya basta! le contesté furiosa. Soy estúpida, si eso deseas decirme. Él, sin querer oír mi griterío fue a la Universidad, seguramente a verte allí, en el seco ahuehuete; u hojeando los libros de viejo; o frente al muchacho que vende cosillas orientales, que tanto atraen a mi marido. ¿Se ven en el estacionamiento de maestros? ¿Tienen otros lugares de encuentro, cerca de Insurgentes? ¿Un café, un bar, «La mejor compañía» esa cantina en la Avenida de la Paz? ¿Sabes, pequeño Omar, el significado de la palabra triángulo?

Es soledad. Pero también son celos, ruptura, martirio, traición.

No eres, sin embargo, el centro de mis notas: van también contra el Sanbenito de pereza que Romano me ha colocado. Te juro que no soy displicente, no, al menos, con ustedes. He escrito mil veces, en estos papeles, que tengo copia de unas cartas, pero a las otras, acaso guardadas bajo llave, no las puedo tocar. Entonces, para forzar la cerradura, atranco la puerta del estudio, sin nada conseguir. Me digo sin embargo que hay que insistir aunque la rutina de la casa o algunas visitas me distraigan. ¡Qué rabia que haya dos tumbas, infranqueables del todo: la tuya y el candado de tu más preciosa correspondencia! Finalmente, Romano no es ningún imbécil, como me lo creí en principio. Pero voy a porfiar y los descubriré a los dos, en su nido amordazado amor.

Hoy precisamente vinieron Emilio Palacios y Esther Guindi pero aunque me divierten, de fondo los rechazo: a ella, por ser estúpida, a él, por homosexual. Naturalmente Romano no sabe que los desprecio, pues tendríamos un fuerte disgusto. Cambio de tema, pues los chismes me aburren; en cuanto a las minorías sexuales, allá ellas: son anormales y exaltan su idiosincrasia y su debilidad por el lado de la mascarada. ¿Pero a mí, qué me queda? Pelear con mis armas: la argucia, el sexo, la desesperación; despedazar, en suma, la vieja imagen y sin ella triunfar. No es difícil: fuera del poder y el dinero, los hombres son mediocres. Pero antes deseo exterminar a Maguito, mi verdadera enemiga, para decírtelo con sinceridad.

Hoy estoy más desconcertada que nunca. O he estado jugando con fuego o mis notas siguen una pista segura porque sé que te concernirán, aunque hasta hoy no pueda capturar el misterio. Pero no importa, tengo el tiempo que quiero y, actriz como soy, recreo mis propios escenarios. Por eso ayer los imaginé. Estaban en la sala. Tú habías llegado a visitarlo. Él se extrañó porque comentaron que no se veían meses atrás. Charlaron sin que supiera yo de qué, pues me costó un enorme esfuerzo pescar, de aquí y de allá, algunas palabras casi sordas. Era muy angustioso. Tú le dijiste ¿me puedo sentar a tus pies? Romano asintió y, como un niño, te acomodaste en la alfombra y recargaste la cabeza, de pelo rizado y muy negro, en sus piernas. Él te acarició suave, tiernamente y entonces, como si alguien te lo ordenara, te levantaste y le dijiste con tristeza: ahora sé bien que no me quieres. Y desapareciste.

Mi marido intentó alcanzarte y te gritó que te quedaras, pero te habías convertido en reguero de sombras. Fue horrible, porque estaba, al parecer, algo mareada. Ya en mi recámara, antes de acostarme, vi a la mariposa Monarca en un buró. Me dio tal asco que tomé sales de frutas, para asentar el estómago. Luego llamé a Sofía, quien me preguntó qué hacer. Le dije que la sacara lo más pronto posible, donde yo no la viera. Pero voló hacia el techo, donde se quedó prendida por horas y más horas. Luego se posó junto a la lámpara y entonces la tomé de las alas prensándola de nuevo en el libro de los hermanos Grimm, para que no vuelva a escaparse.

Pero continúan tus llamadas a las once en punto de la noche. No puedo creer que seas tú, llevando adelante esos trucos baratos que cumplen su objetivo ya que tiemblo de indignación. Ayer Romano contestó el teléfono y hablaron por espacio de media hora, él con monosílabos; tú diciéndole cosas que, por supuesto, no escuché. Era obvio querer subir y oír, desde la recámara, la conversación, pero fue demasiado tarde y colgaron. ¿Por qué vivir obsesionada? El corazón me va a estallar, como si, en un inmenso campo de batalla, fuera solamente una granada.

Pero antes de seguir necesito aclararte que mi marido no deja de llamarme provinciana. Se refiere a la homosexualidad; a la lesbiandad, esta vez ya que se trata de su amiga Amanda y de su compañera, Linda, la americana con quien forma en apariencia una feliz pareja. La gringa me repugna; ella en cambio, no deja de coquetear conmigo. ¡Si lo supiera mi marido! Pero no: es claro que no le importa nada como no sea su vanidad.

Sin embargo ¿a qué me atengo si no me gustan los hombres masculinos? Ayer siguió con su lectura de Platón y se refirió a algunos momentos del buen ciudadano, pero como estaba en mi distracción de siempre, él lo notó y cerró el libro. ¿Por qué existirán días así? No entiendo al gorrión que se cayó del nido y que fue pasto de los gusanos, como tú. No entiendo que a Valentina hace un año le hayan dado un navajazo, aunque el dolor de verla así no haya sido mío sino de mi marido. No entiendo que Maguito tenga tantos deseos de existir o que yo deteste la maternidad. No entiendo que Romano sea tu amante con esa singularidad con que vive sus cosas. Tampoco entiendo que tú no te levantes de la tumba y grites que estás arrepentido de tu insignificancia. No entiendo, en fin, cómo no me subleva mi vida en esta casa ni por qué estoy cerca de un ser tan ambiguo, tan inaprehensible. ¿Será que por eso acudo a ti, ratoncito sarnoso?

¿Qué hay detrás de tus telefonemas? ¿Se lo diré a la Nena o la tal Amanda, a quien le gusto? Con tus llamadas nos alarmas pues estoy ya semi dormida aun cuando para él sea la mejor hora de trabajo. Tú me lo quitas por tiempo indefinido, cuando ya debería estar en mis brazos. ¿No te da terror que Rita, con su vocecilla de flauta, te encierre desde ahora, como te clausuró cuando, enfermo, estabas a punto de morir? No fui a tu velorio, pero ganas no me faltaron, sobre todo cuando supe que Romano, tan atribulado, buscaba un sitio para no sentirse tan solo en medio de aquella gente que no te amó, al lado de una cruz de gardenias.

¿Qué crees que haya pensado en ese mismo instante? Él era el dueño de tus cuentos, no Rita, la engañada. ¿Te gustaría que Romano los publicara o que los queme yo? Te envío el inicio de uno que me persigue, hoy, a todas horas: «Del huevo de ónix, que te regalé, nacieron tres gatitos. Son grises, rayados. Uno es la discordia de quien nos separa; el otro es la envidia, de la gente hacia ti; el amor es el último y está vacante siempre. ¿Sabrás quién puede proclamarse su dueño?»

Pareces Perrault, a quien leí siendo una niña; o Swift, a quien nunca he leído; o La Fontaine, que es excelente —dice mi marido— aunque nadie lo lea.

¡Tengo tanto miedo de que Romano y yo nos hagamos pedazos!

Por otro lado la llamada maldita empieza a sofocarme, pero mi venganza es mi robo, el de tus cartas. Tú lo supiste y por eso te mostrabas tan escurridizo, porque olfateaste —con tu lectura entrelineada o trunca— que podrían caer en mis manos. Nada indiscreto asoma, pero sí en cambio una pasión desmedida, represa, sangrante. Las de ustedes son conversaciones arregladas, como es natural, y entiendo que te satisfagan por ocultas. Yo, por mi parte, empiezo a envenenarme.

La última es importante porque afirmas en ella que no has recibido contestación alguna. El mío, lo sé, es un asedio, pero si mi marido sospechara guardaría discreción a cambio de quitarme, con cualquier pretexto, la llave del apartado, porque venganzas no le faltan. Lo que intento decir es que si lo vigilo podría ser observada empalmándose así dos realidades huérfanas. Pero no importa, seguiré escamoteándole las cartas, todas de un alto precio aunque jamás sepa si me reivindican o me estrujan y me queman el alma.

No eres tú, Omar, el único. Las mujeres y algunos jóvenes arquitectos lo persiguen. Randolph Pope (a quien conoció en Chicago) le habla semana tras semana, pero cuando le pregunto me dice que si lo llama es para consolarse: sufre con su mujer y así se desquita, lo cual me parece una imbecilidad. En cambio tú en tu silencio eterno ¡si siquiera opinaras! Pero hoy, cuando suene el teléfono, me las ingeniaré para —pensando Romano que me estoy bañando— no sospeche que oigo la conversación en el estudio de arriba, el que tiene la serie de dibujos que le regaló Aceves Navarro.

Los escuché de la misma manera que una criada; que una comadrona atenta a todo, pensando en la falsa ingenuidad de los hombres. Lo mismo que le ocurre a Randolph: que con Rita no te puede ir peor; que no sabes qué hacer con un matrimonio tan mal avenido, casi casi perverso. Balbuciste al llamarla vulgar. Tu voz es grata, suavecita, como si quisiera pasar inadvertida, no como la de tu mujer, escondida por un disfraz de Dominó en el Carnaval de Veracruz, chillona e inocua.

Por eso se podría pensar en un diálogo de amigos a excepción del tono, suplicante, en que le pediste a Romano que se vieran lo más pronto posible porque por teléfono no era lo mismo decirle ciertas cosas. Ignoro si Romano me oyó suspirar fuertemente, por nervios, o si tú me sentiste cerca y por eso frenaste muy a tiempo.

¡Qué rabia que sean tan precavidos!

Pero fuera de hoy (estamos a fines de enero) las cosas no varían en la superficie excepto Valentina, a quien tengo que golpear porque ha dado en orinarse en la alfombra de la sala. Me la echará a perder, pues se está volviendo mañosa e insoportable. En una tarjetita sin fecha dices: «Cuando corre y se aleja estalla en el horizonte algo espumoso, sin forma. Se revuelca en la tierra con su color de pergamino, absolutamente transitorio. ¿La sigues queriendo, como cuando era cachorrita? Qué pena por aquel navajazo, pero no se le nota. Sin embargo ella es un final y nosotros estamos al principio, por lo que ya, muy pronto, habremos de salir de nuestro estancamiento y entrar a un nuevo ciclo, lleno de no sé qué, pero juntos: no habrá quien nos lo impida. He pensado en Venecia, en la Venecia de tu empeño y de tu terquedad; en la Venecia de tus tesoros escondidos en el fondo de los canales. En la Venecia de tu Carpaccio y tu Lorenzo Lotto. En la de los caballos de San Marco. En fin, en ese sitio donde tienes ubicuidades poderosas. Qué ganas de que un día vayamos al *Excélsior*, a contemplar el panorama sobre el Gran Canal, o al *Museo Correr*, o a salir por los callejones, enmascarados para disipar nuestras identidades, entre puentes, canales y varias copas de espumoso».

Curiosamente hoy Romano me enseñó unas fotografías de la perra que, no sé por qué, presiento que sean las últimas que le haya tomado: son, sin embargo, únicamente mis corazonadas, pero cuando se escapa puede pasarle cualquier cosa, como aquella vez en que con seguridad alguien de la Academia Militar intentó matarla por alebrestar a los caballos. Se ve poco. En cambio las hojas caídas a su paso, amarillas y añejas, ocupan un primer plano, al lado del fresno al que Valentina —cuando la azuza mi marido— da vueltas y vueltas, sin agitarse, acostumbrada, como está, a oler el pasto, volviéndose sin embargo un animal silvestre.

Pero hoy por la tarde, a mi regreso del correo, abrí tu carta y hay algo importante. Le dices que quieres tiempo —¡tiempo!— para separarte de tu mujer, lo que me sorprende pues para eso —tú me perdonarás— se necesitan pantalones. ¿Tiempo para separarse de alguien? El tiempo de una separación es siempre una semilla: se siembra con anticipación y se cosecha ahora. Pero por lo demás ¿para qué te separas? ¿Para vivir con mi marido? En cuanto a mí ¿qué crees que haré? ¿Tú me concibes con los brazos cruzados?

Una semana después, y en medio de mis cuitas, veo que quizás, Omar, logre comunicarte todos mis secretos. Pero por más que te invoque —como si se tratara de una sesión espiritista— no acabo de comprender que estés muerto. ¿Por qué entonces no quedarme con mi impotencia y... en paz? Pero ¡vaya ironía! Intento, por tu causa, abrir mi caja de Pandora y decir las lindezas que quiera, entre otras que tengo la impresión de que Romano y yo tendremos una confrontación. ¿Exagero? He leído una nota tuya, ya vieja, donde le comentas la forma que tuviste de abordarlo la primera ocasión, al salir tú de la Universidad, en la Avenida de los Insurgentes, ocasión que, claro, no dejaste pasar: «Al verte me dirigí directamente a ti, con mucha timidez. Se debía a que no te he tratado y a que te disgusta hablar con desconocidos. Me presenté como la vez primera, aunque ya había habido algunas otras. Hice el esfuerzo y allá voy, hablándote de tonterías e invitándote —con el pretexto de amigos en común— a tomar un café.

Por fortuna aceptaste. Pero creo que ese café ha sido la ruina entre nosotros. Ay, Romano, si pudiéramos, por lo menos un ápice, cambiar nuestra fortuna. Pero posee dos duendes contradictorios y terribles: uno es duro como la pared y trata de reptar; el otro es volátil como un sueño y escapa cuando menos lo esperas.»

Siempre que me pongo al abrigo de este trabajo te veo como la última vez, en tu automóvil del año, con un *tweed*, pulcramente vestido. Tu piel, medio marchita, me da la impresión de que tienes sangre indígena en las venas. Pasaste a la sala, me saludaste distraídamente hablando de una cosa y la otra. Hiciste mención a que nunca nos encontramos, ya que los Hernández Camacho se casaron hace un mes y yo no fui. Sin embargo ayer, en Rinconada, para hacer tiempo y esperar a Romano, hablamos para llenar un hueco: de la sobrepoblación y el mal clima, de la contaminación y el alza de los precios mientras urdías cómo poder, frente a mí, envolver a mi marido para que se fuera contigo. Hablaste también de la belleza de Lisboa y ríes casi siempre cuando no estás sumido en una tristeza inviolable, que no se nota porque pareciera marcar un círculo invisible en su derredor, para protegerse a sí misma, en su calidad transparente.

Fui al apartado pensando en algo tuyo. No estaba equivocada. Tengo a mi lado el robo: se trata de una extraña carta (del 22 de enero) de la que transcribiré sólo una parte: «Me hace daño. Todo me hace daño, especialmente los animales y el amor. ¿Sabes que soy muy desdichado? Mi pasión, no correspondida, es de las que se igualan a las de Sor Juana, la poderosa y tan triste enclaustrada. Soy como ella y también, para mi maldición, Escorpión, de los que se caracterizan por victimarse a sí mismos.

"Estoy seguro de que jamás pudo tocarle una uña a la Condesa de Paredes; seguro también de que se contemplaron transformando, el celo, en mirada;

seguro, finalmente, de que escribió a escondidas versos y cartas de amor que desconocemos. No has leído unos poemas suyos, los *Enigmas*, de los que formas parte. A mí me los prestó un amigo que los halló, él mismo, en Portugal. Te mandaré una copia del manuscrito, fechado en 1695, el año mismo de su muerte. ¿Crees que se suicidó con el pretexto de la peste? Luego ambas —Sor Juana y la Virreina— no hicieron más que la intentona de una relación, vigilada por las enormes orejas de los Inquisidores. Años después la Condesa se fue como me iré yo, sin tampoco haber tocado al ser amado. Romano ¿estás bien? ¿Adelanta tu trabajo en la torre izquierda de la Parroquia? ¡Cómo quisiera que ya la terminaras!»

Es muy obvio. En otra carta dices que estás corroído de avaricia interna, de discolerías; de pequeñas y grandes traiciones. No mereces por ello ni reconocimiento, ni ternura, ni caricias, ni sexo, «ni siquiera el mal avenido, cotidiano». Sin embargo «¿qué hacer?»... «El deseo, Romano, comienza por ardor, unas franjas rojas que bajan hasta las entrañas, para calcinarlas; al deseo sigue la desesperación, amarillenta y mutilada, que se diluye para convertirse en un rechazo que por su parte no la niega: es oscuro el rechazo, Romano, con el corazón partido por tres viejas espadas, armamento de tonos plateados. Y mientras la vida a sí misma se narra se gesta el amor no correspondido, como tiene que ser en la Tierra, seguido por la separación, que no es ruptura: he ahí lo cruel, que es de color de hueso. Por eso quiero fugarme, que no es cosa de débiles. Y yo debo ser fuerte para alegrar la luz rojiza de mi entraña».

Y ahora te transcribo un trocito distinto, escogido al azar: «He pensado en lo espléndido de tu vida. Te habrás acostumbrado ya a defender tus riquezas, como lo hacen las zancudas con sus nidos airados. El dije que te envié te ayudará a mover montañas elevadas y tendrás lagos para bañarte desnudo: como ves, se trata de una tortuguita de cristal de roca, de procedencia indígena. Es mi emblema, por eso te la entrego, para que me ayudes con la falta de agilidad. Pero como te bañas en aguas de espejo, todos podremos contemplarte con tus fuertes músculos pegados a tus huesos.

"¿Creerás que aún tengo tos? Hubo algún descuido serio, pues en casa la familia entera se contagió. Por otra parte el mito de don Juan —al que aludiste en algún restaurante— no me sería ajeno si no me consumieran mis propios afectos. Siento que los transformo o los desperdicio pero con seguridad los padezco. Es buen consejo ese tuyo: quedarse con lo esencial. No me gusta mucho el cuento sobre Brahms, un triángulo tan corrompido que bien merece una novela de Lawrence, para que sea erótico y la gente no se avergüence del talento: ni del propio ni del ajeno, como sería el caso de Schumann. ¿Tú crees que por ahí se empiecen los amores, por envidia de lo que no tenemos? Sin embargo, te lo entregaré personalmente.»

¿Deseabas verlo desnudo, Omar, y no se te concedió contemplarlo en el lago? ¿Hay mayores pruebas de tu amor, convertido ya en concupiscencia? O al revés. Ya no entiendo nada. ¿Cómo te contestó Romano? Deduzco que mi marido a veces te responde, pero las más se desentiende. En cuanto a tu correspondencia es enferma, la de un obseso. Entonces recuerdo la conversación (muy compendiada, en fórmula) del cartomanciano: acostarse para no enamorarse. Eres vicioso pero daría mi vida entera por saber lo que le ocurre a él, pues jamás se desenmascara con palabras escritas, ni tampoco se había encontrado con un hombrecito como tú, pegado como miel. Por su parte mi marido, tan reconcentrado en sí mismo ¿cómo podría, aun diciéndolo, explicar su cercanía contigo? ¿O, siguiendo su costumbre, dejaría pasar las cosas como si fueran aire?

No, no eres tú: la obsesa soy yo, naturalmente. Pero todo este asunto es vulgar, injurioso. Tus cartas son siempre una excusa —o deberían serlo— porque destruyes un mundo al «padecer» tus afectos sin pensar en que nos arrastras para que a nuestra vez los padezcamos. Me incluyo yo, Omar, quien en tu vida no fui tomada en consideración; yo, que recreo mis horas en tu tumba; yo, que no deseo sino saberlo todo para inculparme condenándolos a los dos. Pero dímelo, Omar ¿qué fue de ustedes a partir de la primera cita, en el pequeño café de Insurgentes? Voy a arrebatarte la voz para que me lo dictes, o a hacerlo yo por ti: en el *Camelias* te enamoraste de él, una jugarreta que te hizo la vida, en tus propias narices. Entonces, por venganza, se dejó querer porque es hábil, veleidoso y tal vez sea, el suyo, un fuego que, al no detenerse, irá creciendo, para calcinarnos a todos.

Porque así son los triángulos mal nacidos: cristalizan en ínfimos soles que ruedan por los riscos, hasta convertirse en polvillos virtuosos, para que se les recuerde aún entre los muertos.

Me digo que es necesario un hasta aquí, cuando enero termina de manera radiante. Le tengo tanto miedo a mis impulsos. Basta ya con la deformante postura de Rita, quien te espía a todas horas, como a mí la madre de Romano. Maguito es malvada y su intransigencia la trastorna pues probar serias culpas en mí, lo que se dice probar, no puede hacerlo. En cambio me acusa de males muy menores: que soy floja, que juego Canasta, que no ayudo en las labores domésticas... No lo hago pero ¿qué gana con decírselo a Romano si lo sabe de siempre? No obstante si yo como mujer soy una *cosa*, algo que debe o no debe moverse ¿qué les pasa a los hombres, no encarnadas imágenes de la realidad?

No sé qué hacer ni quiero caer en una depresión, de las que paralizan o te conducen al suicidio.

No debo, no puedo. ¿Actúo o me quedo en las ascuas en que estoy? Por lo demás ¿qué haría de estar en el pellejo de Romano? ¿Le gustan en realidad los hombres? Si así fuera ya habría sido arrastrado por su pasión.

Vuelvo al asunto: ¿qué hacer si yo supiera que me han robado algunas cartas íntimas? ¿Las anhela o las rechaza? De ser esto último, ¿por qué recibe tantas? Entonces me digo que hay que esperar, esperar, esperar... La carabina está cargada pero en la llanura las codornices no han levantado el vuelo.

El otro día, leyendo frente a la recámara —ya en pijama los dos— me explicó parte de la leyenda del Paraíso Perdido. Eva nace de la costilla de Adán: surge, naturalmente, del varón, lo que significa que parte suya es masculina. Por otro lado el Creador, al sacar la costilla —una insignificancia— del hombre, expresa también el símbolo femenino que hay en él. La lección es clara y poco novedosa, me dijo fumándose su pipa: todos somos andróginos pero nosotras —aña-do— frente a ustedes, somos un grano de pimienta en el guiso de la cultura y de la vida.

¡Qué ganas de escribir un libro para acabar con el machismo! Pero el feminismo o la homo-sexualidad al ser producto de la ira, pierden la batalla.

Por otra parte volví a vérmelas con mariposas, pero ahora no eran las Monarca. Fueron cientos de mariposas negras que entraron al jardín de Valle de Bravo, en una actitud tan real como desconocida. Romano llegaría al día siguiente. Saqué fuerzas de flaqueza y me ayudé de Catalina, pero a la pobre una se le posó en el brazo y le dejó, por huella, una amarillen-ta quemadura. Por la noche sacamos a las de dentro de la casa —no sabes qué repulsivo— arrojándolas, con trapos, hacia el jardín. No las quise matar porque di-cen que es de mal agüero: hay que dejarlas libres, para que el demonio, que las cabalga, consiga actitudes más débiles.

Al día siguiente, cuando llegó Romano, comentamos el asunto. Él nos dijo: pobrecitas, nadie las quiere, pero sus alas son de terciopelo. ¿Hasta cuándo, Mariana, dejarás de pensar como la cocinera, el afilador o el carnicero? Pero en mi recámara se quedó una, inmóvil, intentando salvarse. Déjala, dijo mi marido. Aquí no tenemos ninguna noche de San Bartolomé. Después se puso su sombrero de Panamá, tomó el bastón y se fue con Valentina a que recorriera las riberas del lago, a esas horas inverosímilmente verde, con estrías plateadas en el lomo y los flancos, semejante a un corcel. De lejos, los montes, azulosos y móviles con su penacho de nubes blancas, no dejaron de contemplarse en el lago durante la mañana. Pero por la tarde no estaban: una neblina clara les cortó la cabeza, como si se tratara de una venganza inmemorial.

De pronto todo es muy sencillo en sus labios. Tiene la virtud de apaciguarme mientras —no sé por qué— lo observo sin que nada se advierta. Sus mejillas son grises por la mañana, antes de rasurarse; me atrae más sexualmente porque desnudo tiene espaldas amplias y cintura pequeña, con piernas poderosas, que se me trepan en los flancos cuando me hace el amor. Entonces colijo que tú no cuentas para él o que es un actor con el papel bien aprendido. Te aclaro que conmigo —sólo eso le faltaba— es agradable aunque sea con la vida displicente, con excepción de los animales y las plantas, que tocan lo que él llama lo *alto*. Pero me voy por la tangente. Lo que quiero decir es que se porta como si tus llamadas fueran equivocadas y no asistiera a la rabia que hago cada vez que cuelgas.

Pese a mis defensas me siento vulnerable; me siento, también, con el secreto develado pues ahora, para mi fuero interno, ya ustedes son amantes. Lo intuyo porque por algunas frases de tus cartas todo me indica que empiezas a padecer el rencor de un enamorado de tantos que se reconcilia en la cama. Todo puede pasar, al menos así lo siento esta mañana —especialmente soleada— cuando me dijo que se puede hacer el amor de muchas formas: por la mirada, por el extravagante roce de la piel, por la conversación, por un regalo. Caigo ahora en la cuenta del sexo espiritual al que se refiere, que es el que ustedes habían practicado desde siempre. Ahora es el sexo del cuerpo, Omar: lo huelo cuando me abraza, cuando me da las buenas noches, cuando me besa tiernamente; cuando se niega a acostarse conmigo porque está muy cansado. Estarás contento, ratoncito casero, porque si tu limpieza es tu virtud, tu pecado es tu voracidad pseudo escondida. ¿A dónde nos llevará todo este emponzoñado juego que, con los días, se ensucia más y más? ¿A pedirle a un poeta que lo firme?

Por otra parte es imposible que tu mujer no se entrometa. Sólo una imbécil, como yo, se porta con verdadera clase. Nuestra breve unión, ay, tanto, que apenas toca los tres años ¿está amenazada de muerte o son escalofríos que se irán? ¿Debo —me pregunto a diario— decirle a Romano que conozco las cartas? Porque hay dos engaños: el robo y el silencio, pero no me relego por hacerlo: me doy repugnancia por ponerme a tu mismo nivel, o al de Rita, que es peor. ¡Si así fuera permanentemente! Así de osada, pero no todo el tiempo se las cobro a la vida.

De pronto me siento desfallecida. Hoy mismo no pude levantarme de la cama. Sofía me trajo el desayuno y no quiero saber de Maguito, ni de perras farragosas, ni de un marido infiel. Lo que me aterra no sólo es el adulterio, sino que él lo pudiera negar, doblemente: por ti, ya que siento que nunca exististe para Romano y que lo has defraudado; por mí, porque la mentira me lastimará en lo que ya llevo ganado: el espionaje de mis cartas, sin las que no puedo vivir. Maldita cosa, la función de los celos. No, no son amantes ni lo serán jamás.

Desde que regresamos de Chicago nuestro matrimonio parece objeto de anticuario. No sé para qué escribo y cómo saldré de la obsesión de prenderme a mis notas como si se tratara de una redención, pero una voz interna me dice que no hay tal cosa: que es algo semejante a una persecución. He aquí otro de tus recados, que me recuerda mis pesadillas, por lo que al menos en eso los dos nos parecemos: «Tuve un sueño muy raro. Era un cristiano guiado por Pedro y me habrían de echar a los leones. Me pusieron una piel de cordero bañada en sangre y, abriendo la compuerta de la jaula, me arrojaron en ella. No se movían, pero acechaban, con sus ojos de un vidriado amarillo. Y es que su ferocidad, al ver la presa cerca, se convirtió en parálisis. Entonces llegaste tú para decirme que hoy no sería: que podrían indultarme.

"Me tomaste del brazo y de pronto caminamos por la lateral del Periférico. Allí están los leones, me dijiste viendo pasar la interminable línea de automóviles. Luego me condujiste hasta el poyo y allí, recargados, me hiciste un ademán. Yo lo entendí y entonces me arrojé no sin asirme a ti, que te transformaste en algo así como el granizo. Yo me puse a temblar de frío cuando desperté de mi ofuscación. ¿Será verdad, Romano, que lo que más deseas es mi muerte?»

Si vuelvo a Chicago allá estuve segura de su fidelidad, pero como todo es transitorio ¿cuál es mi sitio ahora? ¿Dónde habré de cobijarme y con quién? Varias veces Amanda me ha buscado, pero le huyo porque me asusta su condición sexual; porque ella y Linda están fuera de mi comprensión. En cuanto a la Nena, por mucho que me conozca, piensa que estoy a un tris de la paranoia o que todo lo invento con tal de a mí misma darme la razón. Si sigues dale que dale con el matrimonio, se derrumbará; si continúas en la búsqueda de tu destrucción, el edificio se hará añicos. En cuanto a mí, opino que tus notas a Omar

son como el *Bolero* de Ravel, con su odioso, monótono
y espléndido tema. Luego se despidió tiernamente.
Colgó porque iba a buscar a su amante, un norteño, a
quien hace poco conoció en el bar del Hotel Reforma.

Todo lo invento ¿será cierto? Lástima que no te
halles presente, Omar, para testificar contra Romano, a
quien seguramente odiaste en el momento de morir
pues amantes o no, fue para ti un frustrado proyecto
de vida. Y ahora otra nota tuya de hace aproxi-
madamente un año, un día después del accidente de la
perra: «Me dijiste que Valentina se te perdió el fin de
semana. ¡Y cómo sufrías al verla llegar con el costillar
del lado izquierdo sin piel, envueltos los pulmones en
una pulpa transparente y rosácea! Me aclaraste que
agitada y polvosa rasguñó la puerta, pues acaso viniera
del bosque. No aludiste a quién hizo tamaña barbarie,
pero lo sucedido fue diabólico.

"Luego me pasó algo curioso: en mi cubículo,
yo solo, imaginé que empezaste a curarla, acariciándola,
pero de pronto te diste cuenta que el herido era yo, por
lo que precipitadamente llamaste a la ambulancia. No
sé más. Tocaron a la puerta. Era mi secretaria con
documentos para que los firmara.

"Romano, hace una semana que no te veo. Soy
tan egoísta que no te he preguntado cómo estás. Me
imagino que destrozado.¿Quedará bien? Sé que está
adormecida, y que así durará para que no se arranque
las vendas. Tenle paciencia, ojalá Mariana no se
desespere.»

Debo confesar que así como tú eres taimado,
yo soy ave de presa oculta entre nubes muy altas con
las garras dispuestas a apresar a la liebre corriendo por
el campo... pero entra a su madriguera antes de lo
previsto. Lo que ocurre es bien simple: ustedes me están
volviendo loca. Por otra parte Maguito tiene una feroz
gripe y tose todo el día, pidiendo tés y medicinas al
servicio. Una lata, en verdad; una vieja espantosa. Si

pudiera llegaría a envenenarla, pero ser asesina es privarse de la libertad.

Ayer los oí platicar (a ella y a su hijo). Maguito le pedía un nieto, figúrate, la pobre infeliz. ¿Será que Romano jamás habrá de enterarse de mi intimidad? No tengo una vena maternal, lo repito al cansancio. De haberla surgirían una serie de preguntas que aclararían flancos de mi vida que, por lo demás, no le importan a nadie. ¡Hay tantas mujeres que abortan! Yo misma lo hice, a los quince años, pero no más, no más. Y luego, milagrosamente, aquella enfermedad, que me esterilizó. El médico me dice que aún hay remedio, si me opero. Sin embargo no lo deseo y además es demasiado tarde: en mi caso todo, siempre, es demasiado tarde.

Escribo con mucho esfuerzo repitiendo que esta casa se está volviendo insoportable. De balde las orquídeas, bellas y tenebrosas; de balde los helechos que Romano ha comprado, y que tienen calidez humana; de balde que el hogar pretenda serlo porque es una cáscara: un aire; una atmósfera que antes no existía.

Parece mentira que con un puñadito de cartas y telefonemas las cosas carezcan de consistencia y cambien de lugar, ocupando espacios que no les pertenecen. Por lo demás, Romano pareciera esquivarme. Es agua mansa, pero gira vertiginosamente, pues al lago le llega un viento frío, del Norte, que lo vuelve estremecedor y terrible. Habrá tormenta, lo sé. Cuerpos flotantes se verán por las calles sin que haya nadie para darles una fosa común.

¿Será tu intromisión, Omar, la que habrá de convertirme en una Medea, pero sin hijos? Ser Medea es cocerse en el barro de la venganza. Ser Medea es aceptar demandas que otra mujer, oculta, a mí misma me hace, matando sórdida y placenteramente. Ser Medea es odiar sexos y progenie, aniquilando así a la humanidad. Qué descanso, ¿verdad? No dejo de sorprenderme al hacer una comparación tan desproporcionada. Pero eso lo aprendí de Romano: la consistencia de los mitos son los hechos que amparan y que se fecundan, en círculo vicioso, gracias a los mitos. Me lo dijo un día poco antes de que sonara tu telefonema: el de las once de la noche. Él, a tu presencia manipuladora y sigilosa, contestó con monosílabos. Yo entretanto escribo y deseo ser actriz de mi propio drama: una Medea desautorizada para actuar. Pero ya encontraré el punto exacto donde se ejerza mi venganza: una pasión que me enriquece y me obliga a vivir.

Entonces me convierto en suicida. Pero nadie lo sabe y creen que tropecé desde lo alto de la escalera de Rinconada 100. Tal vez anhelarías suplantarme, metiéndote desnudo, jadeante, en nuestro sigiloso lecho conyugal para abrazarte a su hermoso cuerpo de color concha nácar y de allí ir sacando perlitas que yo te colgaré en el cuello, como a un perro faldero.

Romano me resulta difícil, contigo o sin ti de por medio, por lo que siempre me sorprende. Recuerdo su gravedad en el Hospital Inglés. Lo operaron de emergencia. Al salir, ya en su cuarto, me dijo: ¿Otra vez aquí? ¡Si vieras qué dulce anestesia! Luego agregó que su vida era un palenque, donde la gente se emborracha, apuesta, alardea pero él, desdoblado, se mira por fuera, horrorizado en lo que se ha convertido. Dice que es una batahola en la cual la calavera sienta sus reales, muerta de risa. Así es, Omar, pero él no ha fallecido, como tú, que no puedes ver a Valentina, encadenada, ansiosa de correr por todas partes, lleno el hocico de espuma y alegría. Sólo cuando él llega la suelto, para que no sepa de su animal inseparable. En cuanto a la pobre vieja no se entera, pues sorda como es, no logra rastrear la más mínima huella de los barullos exteriores. Y hay telefonemas silenciosos dos o tres veces durante la jornada (además del nocturno) porque no tienes respeto por nada, ni siquiera por ti, tan disparejamente enamorado.

Me obsesiona saber qué hará cuando se entere de mis robos. ¿Me tenderá una emboscada? ¿Me lo dirá directamente a la cara para abochornarme? Pero no: no es hombre con astucia; su inteligencia en cambio está sobre la mesa y sólo le sirve para analizar cosas mayores, no el robo de unas ramplonas cartas como las tuyas. Pero te confieso, Omar, que poco a poco me estoy volviendo cínica. Me esfuerzo, pero contesto a tus llamadas como si fueran de gente que marca otro número; entonces cuelgo... antes que tú. Cuando te leo, aunque no lo creas, me pareces tedioso, sin nada con qué hechizar a un amante que se desliza de tu lado para dejarte completamente solo, caminando por Insurgentes o por la *vereda azul* la de tu ensueño.

Ahora transcribo otro párrafo más, curioso, que a lo mejor has olvidado con el tiempo: «Sé que no quieres verme y con razón. Lo que pueda ocurrir en mi casa me da escalofrío, y por eso me escondo. Tu altivez es mi gran acicate. Así y todo ¿puedo convidarte a cenar este jueves? Será hermoso estar juntos por los callejones de San Ángel. Te remito un cuento que no me convence, pero contiene frases en las que te reconocerás.

"Me aficiono a la pintura española por tus consejos y presiones. Se trata de espléndidos descubrimientos, como Goya, cuya maldad se halla sembrada aún en los límpidos cielos de todos sus tapices. Además leí, de punta a cabo, *La muerte de Virgilio* pero ¡todavía estoy tan lejos! ¿Por qué tan mortuorio si tan placentero? Quiero decidirme no a amar sino a saber amar.»

De nuevo tus escondrijos en las alcantarillas, los basureros y los mercados. ¿Te habré de poner viandas más apetecibles para que caigas en la trampa?

Hoy me siento ecuánime y libre de cargos a no ser por Amanda, la íntima de Romano. Es ya hora de que te diga la verdad: ella me hace requiebros por aquí, por allá, fugaces momentos, si se quiere, pero que me rebotan en el corazón. Posee algo varonil indiscutiblemente atractivo. Repito mi pregunta: ¿tú crees que si Romano se enterara le importaría? ¿Por su camarada o por mí? No recuerdo si ya escribí que se hicieron amigos por correspondencia, valga la expresión, pues Amanda ha vivido en el extranjero desde que obtuvo el doctorado. Lo persigue, dice que es el hombre de su vida. Luego se ríe para festejarse a sí misma como si se supiera indispensable.

Que yo le guste se nota a simple vista. Su pareja es una psicóloga de profesión, ruda de movimientos, ebria de un poder que no sé cuál sea. Ellas llevan las cosas *comme il faut*, por lo que Romano y yo hacemos mención al asunto como si fueran un matrimonio normal, aunque a él le disguste el término. Se trataron algún tiempo en Londres, su sede habitual, por mucho que viaje con frecuencia, pero yo no la encuentro inteligente sino lista y mordaz. Es una zorra con el pelaje sucio, que acecha a las perdices, entre las que con seguridad me localiza a mí.

Pero lo más extraño, Omar —mira a quién se lo digo— es que me guste el coqueteo. Me refiero a miradas, a dejos, a ademanes como cuando se acaricia los muchos anillos de los dedos y me ve diciéndome, con los ojos, cosas promiscuas, aunque no sabría precisarlas. Es una actitud diferente a la que tienen las otras mujeres; medio desenfadada, pues en ella parece un hábito seducir a la gente. Romano se resistió un tiempo, pero en Chicago recibía una vez por semana correspondencia suya —cartas, telegramas, misivas, hasta telefonemas—, por lo que acabó por doblegarse. Insistió siempre (tuviera o no contestación), contándole de sus viajes al África Árabe, asunto en el que se especializa como si en México nos sobraran gentes dedicadas a la antropología. Puro esnobismo como también pudiera serlo su coqueteo conmigo, aprovechando las dos o tres semanas que se quedará en esta ciudad. Romano —estoy segura— la critica para sus adentros pero por fuera la ayuda incluso en hacer amistades. En Casablanca le presentó a Lorenzo Cansino, padre de un chiquillo al que mi marido bautizó por poder, desde aquí. Mucho más tarde supo que ella, su muy amada amiga, lo traicionó. Pero no es el momento de tocar este tema, Omar: no es el momento... aún.

Hoy amanecí bien, con el recuerdo de cosas vividas muy profundas, de las que descansan el cuerpo y el espíritu. Pero ¡cómo me torturan los amaneceres! ¿Será por eso que me levanto tarde aun cuando esté despierta? Aquí está Valentina, que intuitivamente se pone muy nerviosa. ¿Hasta cuándo la soportaré? Lejos, Maguito reza moviendo los labios persistentemente, como si le faltara aire al respirar o se lo fuera a entregar al Creador. ¿Piensa en su hijo? ¿En que no le ha dado ningún nieto? ¿En su muerte? ¿En la salvación de su alma? ¿En que el pobrecito se levanta temprano para ir a la construcción de la iglesia, que en lo particular me parece espantosa? Y la gente lo aplaude, porque la fama no hace sino recrear la fama.

Me enseñó un chal de lana, portugués, bordado a mano, que tú le regalaste a Maguito. ¡Cómo te lo agradezco! Así la vieja durará muchos años y yo estaré en un nosocomio. Adora a la perra, quien parece custodiarla con sus enormes ojos grises. Ambas, unidas, son de una consistencia ejemplar, interminables como los espejismos en los que se escuda Romano. Pienso que es tan poco femenino como tú, dos hombres normales a simple vista, lejos, lejísimos, de todo toque de homosexualidad. ¿Será por eso que Amanda se siente con él a sus anchas pues sé de cierto que no le gustan los afeminados? A ti te conoce de un cumpleaños de Romano, en el que ambos coincidieron en esta casa. ¿La recuerdas? Te repito que es flaca, de huesos espigados, fea, aunque excesivamente bien vestida. La amante es rubia, de ojos pardos, regordeta. Les gusta vivir con holgura y a Romano lo quieren, pero de Amanda noto hacia él un dejo de rivalidad, de competencia muy extraña. ¿Estaré yo en el medio?

Sofía me dijo que vino la tarde de este mismo martes, a buscar a Romano, pero al mismo tiempo me dejó un recado de su puño y letra con un anillo —dice— que compró en Marruecos para mí, pero que lo tenía en algún cajón, medio perdido. Pero no; no es verdad, pues la última vez que la vi lo llevaba en el índice, alhajadísima, como de costumbre. ¿Tú opinas, como yo, que los regalos son simbólicos? Me escalofría el sólo pensarlo.

Te diré otras cosas de Amanda. Es tan femenina como Fernando (que se maquillaba discretamente; un joven arquitecto que acaba de morir), amigo de nosotros; tan seductora como la Nena, tan ágil como Valentina; tan ambiciosa como yo; tan misteriosa como el propio Romano; tan insistente como tú, Omar; tan vieja en lo moral como físicamente lo es Maguito. En fin, este dechado de virtudes confieso que con su juego empieza a entusiasmarme.

¿Qué me pasa? ¿Por qué siento la cabeza hueca? ¿Será por la mariposa Monarca o por las mariposas negras?

Ayer Rodolfo Hurtado —ya sabes, el pintor— le trajo a mi marido un cuadro de regalo. Es una naturaleza muerta muy extraña. En ocres y amarillos, al frente tiene una especie de botellón, de ancha cadera y cuello muy estrecho. Flotan varias verdosas esferas por un lado y por otro. Al lado derecho hay un búho, relamido y muy triste, que podría ser el autorretrato del pintor.

Pero hoy, ya sola, frente al cuadro, noté algo sobre un objeto en especial, que, o ayer no estaba o que yo no había visto. Pues dentro del frasco transparente hay un pájaro vivo, incapacitado, naturalmente, para escaparse y volar. Al contrario, lentamente se asfixia y las alas, de tan estremecidas, parece que se adhieren al vidrio, en un último deseo de salvación. Es horrible, Omar, es horrible.

Salí inmediatamente de la sala y abrí la puerta, desde la que puedes subir o bajar. Yo me trepé a la terraza alta para respirar al aire libre, porque de pronto me sentí yo misma aprisionada en ese botellón semi opaco, medio naranja, verde sucio también, como si infinitos siglos de mar lo hubieran ocultado.

Si me descuido sé que picotea aún nerviosamente el frasco. Está allí, sembrado como una semilla que no brotará porque ni es época de lluvias ni el cuello del botellón, estrecho, deja que pase el aire. ¿Se romperá el pico a tanto picotazo? Sus movimientos son perceptibles por lo que yo, desde una poltrona, no dejo de mirarlo, hechizada también por las plumas, cuya coloración es semejante a la del bosque. El batir del abanico de las alas está paradójicamente roto, abatido, paralizado.

Se parece a un *Concorde* en la pista de aterrizaje, fijo. Pero te repito que si me descuido veo claramente bajar, en espiral, una ala mientras la otra, inesperadamente, se sumerge en el cuerpo pues así lo corta y se introduce en el espacio del ala contraria, instantáneamente, para no chocar entre sí pues se desbaratarían al más ligero roce. Es maravilloso y aterrador, Omar, pues el botellón es una tumba semejante a la tuya. Pero existe una gran diferencia, ya que mientras yaces de espaldas al cemento, al prisionero le han crecido unas alas azules; grises, también, alrededor del pecho. De este modo se mueve y se aquieta al propio tiempo, como cuando el silencio y la soledad se desplazan sin molestarse, recíprocamente, en el espacio.

Sé, sin lugar a dudas, que la fatalidad ensombrecerá mi vida si no consigo que dejes de perseguir a mi marido. Daré el golpe, pero no sé cómo, pero no sé cuándo, también.

Hoy fui al apartado postal donde encontré un sobre bancario. Lo abrí cuidadosamente al llegar a la casa, como siempre, con el vapor del agua hirviente. Es el estado de cuenta de los ahorros de los dos. Es obvio que me siento humillada y confusa. Después, a eso de las seis de la tarde, bajé a San Ángel y entré a un barecito a tomarme una copa, sola, porque me sentí desfallecer.

No puedo creer lo que mis ojos ven. La relación, con el tiempo, va ganando solidez, por lo visto. Después le hablé por teléfono a la Nena, quien me aconsejó entregarle el sobre yo misma y quedarme por allí, distraídamente, para ver su reacción. ¿Sabes si tienen un negocio? me dijo para tranquilizarme. Pero no: ya te dije que a Romano el dinero lo agobia y tú, ratoncito de mierda, no sirves para avaro.

Me siento entre miserable y colérica, entre harapienta y agresiva. Y es que tal descaro, aunado a la aparente quietud de Romano, me trastorna. Oí la conversación telefónica en la que él (por lo general tan cauteloso) te reclamó que lo hubieras dejado esperando frente al Museo Carrillo Gil para cenar en el *Isadora*, precisamente hace dos días. Ya ves, no es la primera ocasión, por lo que intuyo que deberás estar aterrado, perseguido, también, por tus demonios, entre los cuales está Rita. Pero ¿cómo independizarte de ella, *la perfecta casada*? Romano lo tiene merecido, pues su confianza, aunada a tu cobardía, te vuelve cruel, sin ningún respeto por ese *algo* indefinido que los une a los dos.

¿Te das cuenta, Omar, del peligro? Pues por lo visto nuestra geometría —conformada, además de

ustedes, por tu mujer y yo misma— es un rectángulo
encerrado en un gran círculo de fuego. A lo que me
refiero es que ella habló preguntando por ti: eran las
ocho de la noche. Trastabilló. La conversación fue
breve. Le dije que no, que no te veíamos hacía ya
algún tiempo. Me dio las gracias y colgó. En mis oídos
me quedó, trepanándolos, la vocecita de cuclillo. Ojalá
no se le ocurra intentarlo de nuevo, pues ¡qué harta
estoy de mis notas y tus persecuciones aunadas, ahora,
a las de tu mujer! A las primeras las podría quemar
pero a las otras ¿las calcinarán los varios recuerdos
donde se cobijan?

El último papelito que trajiste ayer, en persona
—pues tu obsesión no reconoce escrúpulos— no deja
de sorprenderme porque no cejas en tu empeño con
tal de llamar su atención:

contemplo mis desiertos
mis lagos
mis puentes interiores y
cruzo mis fantasmas.

Luego:
«El vapor del agua va en dirección del cisne.
Arriesgo una mirada hacia atrás, por donde la imagen
desapareció... Felizmente ya no está, aunque sí, en el
cerebro. El pequeño pato de cola azul traza triángulos
en el agua. ¡Qué desolación de toda esta arena, del agua
estancada, del derrumbamiento!»

Y finalmente:

Te busco y te busco
y la voz gris de la inconsciencia
no te alcanza

No sé si te olvidaste de la firma o es a propósito, pero viene la fecha: el 22 de enero, a las l0.30 de la mañana, hora en que supiste que yo dormía. ¡Ah, tus argucias, tan sofocadas y tan tontas!

Pero lo cierto es que no te tengo lástima aun ahora, que estás muerto. Sin embargo hace tiempo me convertí en mi propia rabia, como un perro de Bacon que vi en una revista inglesa cuya cola, verdosa, es perseguida por sus fauces llenas de baba, sofocantes. Pero si vuelvo a tu poema está lleno de cercas: es insincero. Es además mañoso y, por lo que se refiere a Dios, de una atroz ramplonería. Por eso he tenido el tino de mutilarlo, para salvarte de tamaños errores, por lo que no le llegará a su destinatario. Lo despedacé, ¿me oyes?, lo despedacé mirando el abismo que hay (abierta la pequeña ventana) de la sala al fondo del jardín, lejos, donde las encinas se yerguen avergonzadas, por mi culpa, de pertenecer al espacio al que yo pertenezco.

Pero tu situación actual, indecisa, enferma, te vuelve tan pequeño como tu pato de cola azul. Y como te rebasa caes en cama, como una pobre damisela histérica. Te lo dice Mariana, la mujer que te odia por haber hecho trizas su felicidad.

Ayer bajé a la biblioteca. Hay —si has reparado en ella— una ventana cuadrada, sombreada de yedras que disimularon mi espionaje. Desde ella se contempla parte de la calle y parte, también, del interior de la entrada, en el nivel donde la escalera se convierte en puerta de metal. Tocaste el timbre y Romano bajó sin saber que eras tú, ni que yo estuviera detrás del enramado verde, de modo que me volví invisible.

Mira cómo estoy, le dijiste, y le señalaste parte de tu cuerpo (que no alcancé a ver), pero de pronto llegué a escuchar que decías que no podías más. Entonces le suplicaste que te dejara entrar. ¿No ves, le dijiste, que estoy enderezado? ¿Oí bien, Omar? ¿Se trataba de una erección? ¿O le dijiste otra palabra? ¿Qué fue? Mejor no sigo con estos comentarios, pornográficos y violentos. Pero siento que en el camino de mi persecución estoy a la mitad, siempre a la mitad, confusa, equivocada en lo desconocido.

Mi marido no te prestó atención pero le pediste que subiera a tu coche urdiendo la estratagema de bordear la cuesta, para allí mismo estacionarlo. Él, entre veras y burlas, te contestó que estabas trastornado y te mandó derecho a casita, pues te trata como a un bebé. Luego siguieron la conversación pero sólo oí el rumor que, entrelazado con la yedra, subió por el muro de ladrillos hasta que se perdió en las copas de los árboles.

Entonces me calmé un poco, pues estaba temblando. Ignoro cómo no abrí la ventana y les grité ofendiéndolos. Pero aquello se me ahogó en la garganta: el que se enoja pierde, dice Romano, y yo sigo, hasta donde puedo, el ejemplo. No sabía que te permitías, con él, tales confianzas, que por otra parte cada vez que se vean las tendrán, maricones de mierda.

Me pregunto, por otra parte, qué quiere, en realidad, mi marido. ¿Esperará por tu divorcio y una vez libres, amartelados se irán a casar a Copenhague o a Amsterdam? Allí tiene de amigos a Carola y a Mario, sus incondicionales: ambos podrían ser sus testigos. ¿O de nuevo es posible considerar que él no apetece al pequeño profesor de griego? Para colmo Amanda se sigue inmiscuyendo en mi vida, apoyada, lo sé, por mi desamparo y por mi negligencia. No deseo que las cosas vayan a más, pero todo es posible en ese futuro del que nada, nada sabemos.

Por su parte Maguito se ha vuelto solícita. Parece mi criada: Mariana, yo contesto el teléfono. Mariana, te trajeron este sobre de parte de Graciela Cándano. ¿Es la muy guapa, de ojos verdes? Mariana, no te levantes tan temprano, que te puede hacer daño.

Mariana, hija ¿quieres que te lleve yo misma el café a la cama, en lugar de Sofía? Me marea. Es escandaloso y ridículo.

Ayer, precisamente —él, con un libro en las manos— me enseñó las Venus barbadas romanas, de procedencia helénica, raros especímenes, si los hay. Se parecen a Amanda, que si por alguna razón me atrae es por equívoca. ¿Cómo será en la cama? Me imagino que suavemente varonil, aunque un tinte de feminidad —la de los senos— complete admirablemente el paisaje.

Esta madrugada regresó la pesadilla, recordada con repugnante claridad. Deja que te la cuente: primero fue un gusano pardo, con púas en el lomo y pintas amarillas. Se enroscó en sí mismo, en una tela transparente y ante mí, qué asco, empezó a convertirse en una mariposa, la de siempre, la Monarca. Aleteó y se posó en la pared, al lado de un librero y un toro, un dibujo de Soriano que Amanda nos regaló de bodas. Yo, como enfermera, meticulosamente la tomé de las alas, la llevé hasta el estante y nuevamente la prensé en el libro de los hermanos Grimm.

¿No te parece que me estoy convirtiendo en una mujer celosa de sus miedos?

Revisé un libro de Romano sobre torturas medievales. ¿Conociste alguna vez el de *La Dama*? Es una talla en madera parecida a una mujer gorda, sentada. Se abre por la mitad: está llena de clavos con las puntas hacia afuera; los hay en todos lados, menos en el asiento. Al ajusticiado lo meten, le amarran las manos y lo prensan, como a la mariposa. La Nena me aclaró que no le volviera a contar estas atrocidades. En cuanto a Romano, me dijo: la próxima vez que sueñes, busca en un diccionario la palabra *gusano*, quizás allí encuentres el sentido de lo que buscas, mucho más que en *La Dama*. Así es como reacciona: una dulzura y una ironía; una caricia y un bofetón...

Pero tengo que confesarte, Omar, que después del sueño vomité, lo que nunca me ocurre. En los meses de invierno evito ir a Valle de Bravo porque las Monarca cruzan la carretera para ir a su Santuario, un fenómeno espantoso que jamás volveré a presenciar. En cuanto a ti —desaparecido unos días—, estarás con seguridad aquejado de un nuevo padecimiento. Pero ¿cómo reaccionaría yo con un triángulo diferente? Me refiero a que, en lugar de ser tú, se tratara de una mujer. No lo sé: somos muy extraños, los seres humanos.

Lo cierto es que no sólo le gusto a Amanda, sino que ella también a mí. Ayer me di cuenta cabal, en el momento de la cena. A los postres ella y su compañera me convidaron al cine, a ver *Ana Karenina* en la versión que hizo la Garbo. Qué envidia le tengo: por ser aire aun cuando el esqueleto sí parezca contar; porque su ingravidez no requiere de los manoseos de los galanes; porque está intacta después de revolcarse en el amor. ¿Será cierto que le interesaban las mujeres? ¿O es un ser asexual, disfrazado, por Hollywood, en un extraño símbolo de la sensualidad?

Pero si vuelvo al cuento, Amanda es un hombre con lindas manos de mujer. Habla despacio, es socarrona y tiene un sentido de humor que arrasa, lo que no me excluirá a mí, sobre todo cuando estoy ausente. Me vuelvo a preguntar cómo hará el amor y siento en los brazos un frío que no lo causa la humedad, ni la lluvia, ni un mes de enero tibio. Es más bien una nerviosidad ligada a un placer desconocido y amplio. Existe la tentación, pero deseo evitarla. Romano, ya lo sabes, estuvo encantador, inteligente, divertido, diciendo que las mujeres son el único mal apetecible, pero que todo hombre enfermo deberá de procurarse en los brazos de otro hombre, para prescindir de esa proclividad, tan divertida como agobiante. Dijo puras locuras. Hasta creo que dejó de pensar en ti, ratoncito difunto.

Te escribo desde mi recámara. Cerca de mí se halla el libro con la mariposa prensada a quien llamo, desde ahora, *La Dama*. De pronto entró Romano y me enseñó un cuaderno de arte. Me contó cuando, precisamente en Roma, hizo la visita, en un día, a la Santa Teresa, a la Paolina Borghese y al Redentor. Pero ni Canova ni Miguel Angel le parecieron tan sustanciales (ésa fue la palabra que usó) como Bernini. Yo, que nunca recorro las iglesias o los museos, asiento. Pero estuve completamente atenta cuando me habló del erotismo de la santa, cuyo dedo meñique —él mismo me lo comentó— está en San Marco, en la propia Venecia. Al verlo, ríete, Omar, me dijo que es exacto a un gusano.

Hablamos de diversos temas, al parecer en paz. Insistí en mi admiración por ciertas divas y él me contestó —mofándose— que hubiera querido ser, en esta vida, Bette Davis. Nos reímos muchísimo, lo que siempre hace falta. Fue como en los mejores días de Chicago. ¿Te imaginas —me dijo— matar a un amante a quemarropa, con una pistola? Qué desahogo, qué lujo y qué delicia. ¿O tejer un hilado mientras la Corte en Singapur decide absolverla o condenarla por ese asesinato? ¿O besar al marido, arrepentirse, limpiarse el beso con la manga y decir, sollozando: I still love the man I killed? Me sé la escena de memoria porque tienes razón, es un genio. ¿O ser Isabel I de Inglaterra y cortarle la cabeza a la estúpida Estuardo?

Después dejó de reírse para sonreír dejando ver su bella dentadura de marfil. ¿Cómo no fascinarme con él? Sexualmente es perverso pero dice que se trata, simplemente, de generosidad. Como Fabián no tenía esas costumbres, ignoro si Romano es o malvado o generoso. O si el acto de amor —sea cual sea— se entiende llanamente como un suplemento de la vida.

La Dama está siempre al alcance de mi mano. A veces percibo un leve estertor, como de insecto, en los tímpanos. Entonces suelo taparme los oídos. Entre las hojas sobresale, en la página 15, el filo de sus alas. En todo caso o vuelve hacia el pasado y se convierte en larva o, muerta, será polvo, que yo soplaré con mis labios, para entregarla a una insignificante pero gloriosa libertad.

Sin embargo mis relatos se ensamblan. Por eso cuando le conté de Gregoria, Rosella Berardi me dijo: es lógico; el amor entre las mujeres no se da sobre la realidad: existen en cambio el odio, los celos, la competencia, la furia oscura del rencor. Aquel maldito día llegué a la casa de la Beba en la tarde, temprano, después de un fin de semana en Taxco, donde tengo amigos a quienes visité. Por supuesto no me esperaba ninguna sorpresa, tanto menos la rabia de esa mujer que me detesta. Pues, haciendo caso omiso de su madre —o con su consentimiento, es igual— Gregoria me gritó hija de perra, puta, traidora y otros epítetos que me ahorro para no sofocarme de nuevo. Me quedé atónita, como paralizada mientras en la cabeza, como flechas, sus palabras me taladraron como se perfora una pieza, la que sea, de latón. Te acostaste con Sandro en mi propia cama, me lo dijo Luchita quien, por si no lo sabes, es la que asea tu cuarto para que tus manos no sufran el más mínimo ultraje. Y, para colmo, tus enredos sexuales —al principio de llegar a esta casa— con Amanda, la íntima amiga de quien fue tu esposo. ¿Te imaginas darle crédito a la pobre, a la imbécil sirvienta?

Eso pasó nueve meses después de que, separada de Romano, me «adoptaron».

¿Te das cuenta de la calumnia? Tartamudeé sin saber qué hacer o qué decir, viendo sobre el piso, hechas ya, mis maletas. Lárgate antes de que te mate; y me echó a empellones, mientras la Beba —la prima de Romano, a quien no sé si conociste— subía las escaleras silenciosamente para no oír una palabra más, a su estudio.

Gregoria súbitamente se convirtió en una mujer diferente, por completo desconocida para mí pues le había brotado su propia Medea. Su cordialidad, sus maneras, su empaque (un poquito tieso, es verdad, pero fino), su lenguaje, todo, Omar, desapareció como si unos hilos invisibles y certeros se lo hubieran llevado dejando, en su lugar, a la corriente y lépera, a la comadrona vulgar. No podía yo creerlo y por eso, poco antes de regresar Rosella a Italia, al calor de unas copas, le confesé el asunto diciéndole, además, que aquel día, por fortuna, Sandro no estaba en casa pero que no por ello dejó de sorprenderme cuando —días más tarde— me visitó en casa de Julia López Madrazo, quien me recibió en su departamento por mediación de Romano. Él lo supo todo aquella misma noche porque le hablé desde la calle; desde un teléfono público para contarle la noticia. No lo podía creer, como comprenderás. Me dijo, angustiadísimo, que de eso, de eso precisamente, no era capaz Gregoria, que yo había escuchado mal; que seguramente era un malentendido, un error que se debía rectificar, ya, de inmediato.

No sé si entre ellos hablaron del asunto, pero es casi seguro, porque Gregoria lo adora: es su pariente preferido. Ya me imagino lo que le habrá contado de mí, lo mismo que la Beba: que soy indigna, perezosa, que las traicioné al quitarle —seguramente por la fuerza— a un marido que no la amaba. ¡Siento tanto haber aceptado irme con ellas! Pero mi angustia, al separarme de Romano, fue un pantano que me atrapó, sin otro remedio que salirme de Rinconada, para mí odiosa, dejándolo todo para siempre. ¿Habré estado alguna vez enamorada de él?

Lo de Amanda es otra calumnia. Me buscó; nos gustamos, no sé por qué, pues he tenido siempre serios rechazos con la lesbiandad. Pero ella es otra persona, con imán, de modo que no vale la pena explicarme, contigo, los motivos de mi aceptación. Lo cierto es que los cuatro salimos juntos varias veces (Gregoria, Sandro, Amanda y yo) pues Linda, su compañera, estaba no sé dónde, cerca de Nueva York. ¿Es un delito dejarse galantear? Finalmente —lo juro— no me acosté con ella, pero los hechos existen antes de que se den: en la cabeza, que dirige el destino. Íbamos al cine, a cenar, a hacer la chorcha en casa de la Beba, donde la querían tanto. Cuando quiere consigue fascinar, pues colocada en un mercado oriental, es de las que encantan a las cobras.

Pero una noche, en el resturante *La cabeza del moro* (cerca de la Plaza de Toros), en medio de las copas se presentó de pronto Linda, enfurecida, pues alguien le dijo que Amanda la engañaba conmigo. ¿Sabes, Omar, lo que hizo? Rompió una botella, de la que estábamos bebiendo, y con los picos se me fue encima para destrozarme la cara. Gracias a Sandro las cosas no pasaron a más, aun cuando Amanda —tengo que confesártelo— no se movió del sitio donde estaba, sonriendo, sonriendo siempre al haber provocado un lío de mujeres, una escena de *Carmen*, porque su vanidad surgió con pompa, con un artificio desagradable y cínico.

¿Te sentiste alguna vez ultrajado? Fue semejante a cuando me corrió Gregoria; a cuando lloré toda la noche, sola, pues a casa de mis padres jamás hubiera regresado. Maldita suerte. En aquella otra ocasión no hubo el malentendido, aquel supuesto por el imbécil de Romano; hubo en cambio celos por parte de Gregoria: una mujer seguramente frígida, mayor que yo, que no supo retener a su hermoso marido, a fin de cuentas un don nadie, como la propia Amanda, corriente como cobre recubierto de una delgada capa de oro.

Completo su retrato: ¿Sabes que a Lorenzo Cansino le escribió diciéndole lo que sólo Medea es capaz de efectuar? Mi marido y Lorenzo habían cruzado una extensa correspondencia y ellos, en aquella época con pocos recursos, decidieron que, en efecto, el niño podría venir a México. Ya sabes que Romano muere por un hijo. ¿Qué mejor ocasión? Entonces, inesperadamente, el propio Lorenzo le envió una carta de Amanda dirigida a él, Lorenzo, metida en un sobre, para que dudas no pudiera haberlas. Allí le aclaraba que Romano es homosexual. El mal por el mal ya que ella perdió a su inestimable, a su burlado amigo, sin saber cómo ni por qué. ¿Pensó acaso que habría de violar a su ahijado? Cansino es un español de poca monta; pero Amanda es una hija de la chingada.

Después el propio Sandro (al que corrieron de la casa de Tlalpan, como a mí) me siguió visitando hasta que terminamos por ser camaradas; íntimos camaradas, para serte sincera. ¡Cómo pasan los días! Me gustaba, pero él insistió en que su vida estaba quebrada; en que Gregoria siempre le resultó una mujer incomprensible... en fin, que deseaba casarse conmigo. Sé que aquello no fue por amor sino por vacío, para llenar el hueco de una tarde, o para caminar de noche juntos, o para no olvidarnos cómo se hace el amor.

Nunca lo hablé con Romano, a quien le habría de resultar muy doloroso no por mí, qué va, sino por Sandro, a quien quería entrañablemente pues su "hermano" lo había traicionado. Lo cierto es que Gregoria y la Beba lo visitaban por su lado, Sandro por el suyo en tanto que yo —no sé por qué— lo fui también a ver, sin que hubiera ya nada entre nosotros, si exceptúo la cauda del divorcio al que nos arrojamos con el pretexto que eres tú. Poco tiempo después Sandro desapareció de su vida, para siempre.

Ahora vuelvo hacia atrás, pues mi caprichosa escritura no logra cristalizar una cronología. Uno sobre otro caen, caen eternamente los días finales de un lluvioso enero. Las horas se van como segundos; los segundos se esfuman porque el tiempo no existe, lo que cuenta es el tiempo que mide al Universo; somos, en suma, una insignificancia, por mucho que desee negarlo habiendo, en mi caso, heredado un espíritu religioso que no me sirve para nada; no, al menos, para retener a mi marido. Por eso Romano —que confunde tiempo con espacio— llegó de madrugada. Es la tercera vez, por lo que estuve despierta hasta esas horas. No pude contener mi furia. Cuando entró a la recámara le reclamé que siempre me dejara sola; que seguramente había estado con alguien, también, a lo que no contestó y empezó, con tranquilidad, a desvestirse. Insistí y él se puso a acariciarme con la mirada, una mirada triste, muy triste. Sin poder contenerme le salté al cuello e intenté rasguñarle los ojos, pero él me aferró las manos teniendo, en la cara, un enorme estupor: no lo hagas, Mariana... ¿cómo puedes? Luego me aventó sobre la cama y de prisa tomó la llave y me encerró.

Desde el pasillo me gritó que estaba yo fuera de quicio; que él a nadie le pertenecía y tanto menos a una histérica; que no lo presionara a la violencia, que es de los estúpidos; que no se enfrentaba conmigo porque me haría pedazos. En seguida bajó, seguramente a la estancia, mientras yo pateé y manoteé hasta cansarme. Me quedé dormida, refugiada en un mundo de sombras. Al despertar la puerta, entrebierta, me señaló que él se había ido ya de Rinconada, seguramente a distraer la mañana con las estúpidas torres de su iglesia. ¿No es espantoso? Ni siquiera he podido escribir. ¿Estuvo, Omar, contigo? No, porque a ti no te permiten llegar tarde si antes no te dan el biberón.

En cambio yo, a esas horas —serían como las cinco y el sol tardaría en aparecer—, tomé el auto y me fui a Valle de Bravo. No podía más. Palpitaciones en el pecho me hicieron claramente ver mi alteración. Pasé la sierra aún a oscuras y llegué ya de día a la casa, vacía porque no le avisé a Catalina. Me eché en la cama y dormí un buen rato. Luego, al despertarme, abrí algunas latas y comí desaforadamente, porque me sentía con el estómago vacío. Luego salí al jardín, a observar el lago, a esas horas liso como un espejo gris, con las montañas llenas aún de nubes, grises también, con el color que yo tengo por dentro.

Puse una silla de lona y contemplé el cielo cuando en ese momento pasaron dos hombres pájaro, de los que van a columpiarse por horas enteras sobre el lago pues existen corrientes de aire que les permiten permanecer a esas alturas. Son jóvenes, guapos, deportistas, casi todos ellos extranjeros. Si no fuera tan miedosa me iría al restaurante de Guadalupe, porque comen allí. Ella, tan temeraria, acepta sus invitaciones pues la fascinan los abismos, más que las aventuras. Podría irme con alguno y volar por encima del lago, pero me lo impide el terror. ¿Entiendes estas bagatelas, Omar?

Por lo demás de fondo siento que Romano ya no me quiere; que no he sido digna de su convivencia. Aquel jardín, al que él ha convertido en un invernadero, tiene una notable variedad de cactus, uno de los cuales, amarillo y enroscado en sí mismo, es una serpiente de cascabel en el momento de atacar. Los helechos, húmedos y caídas las hojas al espacio, son una hermosa cortina que se mueve. De hecho son de coloración especial, nocturna, semejantes a los maquillajes de las actrices, exactamente como los uso yo cuando espero a Romano, de pronto despertando, pero en realidad vigilante, como los hombres pájaro, para no caer en el abismo. Bagatelas, Omar, bagatelas.

Al día siguiente, de nuevo en la recámara, Romano en silencio me llevó al espejo y allí me desvistió con morosidad, como si me desconociera o fuera un maniquí. Después me hizo el amor a su manera, milagrosamente, como Bernini a su Santa Teresa, a quien los fieles la hicieron pedazos para robar su carne como reliquias sacras. Por eso no se agusanó, como nuestro ejemplar matrimonio, que a la Santa no le interesa en lo más mínimo. Naturalmente no he dejado de llorar. Sofía, en silencio, se convirtió en un ser invisible. Maguito y Gloria de nada se enteraron. Pero lo tuyo, Omar, habrá de acabar con mis nervios.

Para calmarme me he prometido cortar con todo acto de instintividad. Nada haré de ahora en adelante que no sea razonado, pero me cuesta mucho. ¿Deberé atenerme a mis corazonadas o a tus cartas? Del correo hay una que dice: «Mis pasiones y todas mis manías de viejo prematuro han impedido mi visita a tu despacho los primeros días de la semana, como lo prometí. También escribirte la carta de la que hablamos, como era razón. Acompaño ésta con mi último cuento, escrito —es verdad— antes de que me atrapen las maldiciones que alguien —no sé quién— me arrojó hace tiempo. No puedo más. Algo se cierra. Espero que tu anunciada *vuelta de tuerca* se cumpla y yo tenga un respiro. Romano, no he estado bien. ¿Podríamos charlar un largo rato?»

De nuevo tus quejas. Me pregunto, además, cuál será la anunciada vuelta de tuerca que naturalmente es una clave. Me destantea, me intranquiliza: es el título de un libro, o de una pintura famosa, pero, todo se me olvida, no sé cuál. Por supuesto no estás involucrado en sus llegadas tarde pero entonces, si se desvela ¿con quién es? La vuelta de tuerca, ¿será un enmascarado presagio de la fatalidad? Tal vez sea un dramático eslabón de lo que ya ha ocurrido en nuestro matrimonio, por lo que supongo que correrá sangre en el río.

A veces pienso que las lecturas que me aconseja mi marido son malsanas. Creo que lo hace a propósito para perjudicarme. Es como si me condujera a algún rincón oscuro, a una trampa, tal vez; a un sitio, en suma, donde me encontraré a *La Dama*. Hoy, por cierto, por un azar vi en la biblioteca —debajo de una carpeta— una nota tuya, incomprensible para mí, de la que sólo anotaré el principio: «La senda veintidós de la sabiduría es la de la Inteligencia Iluminada, llamada así porque las virtudes espirituales se incrementan y todos los que moramos en la Tierra estamos cercanos a su protección.»

¿De dónde la tomaste, Omar? ¿Será la vuelta de la tuerca, la que te libra de esas horribles maldiciones? ¿Es la de todos? ¡Qué signo extraño el de esa senda! ¿Realmente la transitaste como una forma de premonición? La letanía es larga; dices, al final, que debe aprenderse de memoria. Por lo que pueda ocurrir la diré noche a noche, a manera de una oración, ya que deseo iluminarme, ay, tan maltrecha, pues me encuentro sinceramente arrepentida de mi agresividad. De hoy en adelante me juro que nada será violento. Por ello mismo intentaré una conversación conciliatoria que no tenga que ver con adulterios, ni con llamadas telefónicas, ni con mariconerías de hombres casados. Acudiré en cambio a mi falta de compañía sin decirle que Maguito ha echado a perder nuestra unión. Pero en cambio no me callaré por lo que se refiere a su mundo, incompartible, que hace de nosotros islas, separadas por ríos congelados.

Las conversaciones sobre este papel me animan a seguir escribiéndote: me ayudan, también, a ser más fuerte. Sé (a pesar de mí misma) que no será la última vez que me enfrente a Romano, aunque desconozca cuál sea su respuesta. Estoy en carne viva. No le temo. Y si por ahora me encuentro sumisa obedeciendo las tradiciones de mis padres, por mucho que me contradiga espero la nueva ocasión de agredir.

Lástima que aún no pueda confesar el robo de tus cartas. Entonces me digo que el sexo del alma es tan vigoroso como el del cuerpo y por eso, a escondidas, veo al médico, que me proporciona tranquilizantes. No puedo, como Romano, caer en el insomnio: debo relajarme, estar tranquila y dormir profundamente como las bestias en el bosque, no tomando en serio, como hasta ahora lo he hecho, mis pesadillas, puestas por una callosa mano en mi camino.

Practicaré Yoga. Caminaré con Valentina, como si fuera mía. Haré lo imposible por desterrar mis violentos deseos de amar aunados, paradójicamente, a mi desgano, a mi escepticismo, a mi desilusión. Hoy, por lo pronto, tengo varios asuntos domésticos que arreglar: ir al mercado para surtir una despensa, comprar vino, poner un raticida, ir al apartado para buscar correspondencia, hablar claro con Romano acerca del dinero, que ya no alcanza para nada. Pero es inútil hacer ninguna sugestión, como llenar el desfiladero de hortensias, que me encantan, pues él prefiere rosas blancas y gardenias. Yo, como las ligo con los muertos, pienso en ti.

Por otro lado mi frivolidad también va a caza de realidades prácticas. Ir al cine, jugar Canasta, chismear, comprarme ropa cara. Todo ello es una prescripción que me doy para volverme más suave, menos trascendente a pesar de que no soy —lo sé— una persona fácil. El sentido de humor —del que carezco y careciste tú— vendrá sin embargo en mi ayuda. Lo sé: vendrá.

Acaso por mis cambios hoy tuve el valor de enfrentarme al espejo. De cuerpo entero, en la recámara, con un gran blusón de seda azul. Desgreñada, vieja a pesar de mi juventud, días enteros —como si no hubiera dormido— asoman a mi cara. Me siento como tú, Omar, yerta. ¿A dónde volver la mirada? ¿Cuál es la redención? Me contesto que tener paciencia con una relación enferma y enfermiza, pero ¿se salvará mi matrimonio? ¿O el derrumbe se ha dado por anticipado? ¿He sido consciente de las aberraciones sexuales de tu amado Romano? ¿Lo soy de las mías? Y tú, Omar, desde allá lejos ¿me puedes decir qué cosa es el amor?

Ayer vinieron Ida y Mathias Goeritz a cenar. Él casi toda la noche estuvo contemplando uno de sus *Oros*, que nos regaló de bodas, y que pertenece a una serie de cuadros ahora tan famosos, muy bellos por cierto. Yo jugaba con un rehilete e Ida y Romano en un aparte cuchicheaban cuando sonó tu llamada pulcra y maldita. Le arrebaté a Sofía el teléfono y, por supuesto, colgaste. Entonces yo dije: es tu novia, Romano. Pero en seguida él reaccionó y a su vez me dijo: novio, Mariana, esa fue la palabra que usaste. ¿Por qué?... Y yo: no, no, oíste mal, dije novia. Pero Ida dijo que era verdad, que yo había dicho novio. Te juro que no mentí, no esta vez, Omar, no esta vez.

Por fortuna al acabar los postres se fueron, antes de media noche, cuando, después de tus hazañas, debiste haber pensado un largo rato en nosotros. Me quedé furiosa y apesadumbrada: ¿habré dicho novio? No hay nada comparable a la incertidumbre, por lo que me acosté contrita con el mal tino de que las cosas nunca llegan solas pues al día siguiente, fuera de la puerta, yacía Valentina con el hocico espumoso y los ojos, abiertos, inyectados de sangre. ¡Si vieras qué culpable me siento por haberla rechazado tanto! Yo misma la descubrí y en seguida llamé a Sofía, quien me dijo que la perra se había envenenado. ¿Te imaginas qué espectáculo para una pobre mujer como yo?

No quiero pensar ahora en ella; en cambio me recreo en los helechos del jardín de Valle de Bravo. El día entero los he repasado en la memoria, por lo que los siento recorrer mis venas llegando, algunos, hasta el corazón. Pero también por fuera me acosan, de modo que siento algo muy raro: que mis labios se abultan por una abundante coloración verde musgo, cuyo centro se marca por una línea blanca. Ahora no me puedo mover. En pies y piernas brotan algunos más, que terminan sus hojas en forma de cuernos de alce, selváticos, que me lastiman si me muevo. Otros son sutiles, de finas espadas que suben sin abrirse; que miran a la luz sin inmutarse; que de hecho me pueden rajar el espíritu como si fuera una piel muy delgada, justamente como la de la perra, que me roba el amor de Romano aunque esté muerta, como tú.

Ayer tuve una visión, si así puede llamársele. Los tres estábamos, después de un paseo largo, descansando en el bosque. Como una ráfaga pasó un halcón, pero regresó pues debe ser de altanería. En seguida —llamados por el temor y la curiosidad— surgieron varios colibrís para observarlo, ya que se posó en una rama baja, cerca de nosotros, como si nada le importáramos. Los chupamirtos se le acercaron tanto que aquello fue una burla. Me pregunté cuál de nosotros es el azor; cuáles, también, los colibrís. No supe responderme. Después me froté los ojos, pues no había salido de la cama y ya era hora de bañarme y hacer mis ejercicios diarios. Con enorme pereza me respondió el día, cuando, al abrir la ventana, se metió entre mis sábanas.

La fatalidad me sigue persiguiendo a causa tuya. ¿Cómo deshacerme de un muerto antes de que me mate? Hoy, en el desayuno, volvió a sonar el teléfono. Para no caer en el mismo error contesté, colgaste y yo le dije a mi marido: ¿por qué quien llama es tan cobarde? Se suscitó una discusión violenta, ya que Romano adujo que el telefonema podía ser para su madre o para mí, o para Sofía, que tiene novio. Enardecida y sin poderme contener le dije: te voy a aventar esta taza, pinche maricón. Y él a mí, en forma muy escueta: maricón sí, pinche no. Arrójamela, o tan cobarde eres tú como esa voz. Así iré a la delegación a levantar un acta en contra tuya, diciendo que me echaste una taza de café hirviente. Medio desfigurado, ya podrás irte a la fregada para siempre.

¿Te imaginas a Romano en ese estado? Inmediatamente se salió, dio un portazo y lo oí bajar a la biblioteca. Suspiré profundamente, para ver si me volvía el alma al cuerpo. Después, en un arranque de temeridad lo seguí. Estaba ya en la planta baja, con el periódico sobre las rodillas. Me vio entrar, pero no se inmutó. Yo me recargué suavemente en el barandal de madera y le pedí perdón, llorando muy sinceramente. Pero, con su tenacidad de siempre (la que usa, ahora lo sé, para los momentos afligidos) me dijo: ahora sí te doy la razón, eres una actriz, Mariana, pero no representes ningún papel conmigo. Estoy harto, muy harto. O dejas de llorar o me levanto y me voy de esta casa.

Entonces se puso de pie y antes de salir me dijo con una voz particular, como perteneciente a otro mundo: dime, ¿por qué mataste a Valentina? Y se fue sin escuchar mis ruegos, diciéndole que habláramos, que era muy injusto, que yo, en fin...

Me salí a caminar por Los Viveros —los de Coyoacán—, sitio que me recuerda a un muchacho argentino, amante mío por sólo unas semanas, que al parecer se fascinó con el lugar. Lauro era un muchacho alto, de ojos verdes, con cuerpo escultural. Me ofreció matrimonio cuando empezaba a conocer a Fabián, de quien me enamoré perdidamente. Pienso que el mío con Lauro fue un encuentro negativo, velado, porque no se asentó. Es así como las cosas se evaporan, sobre todo cuando, a pesar del olvido, hay cientos de ellas que afincan en mí. Naturalmente las quisiera aplastar, pues ya ves el fracaso que supone mi vida.

Lo de Valentina me sigue persiguiendo: otra calumnia más, la de esa pobre perra que a mí nada me importa, y tanto menos para quererla envenenar. Sé que me vuelvo odiosa, pero así es, como tú mismo lo dices en un recado fechado no sé cuándo: «El aborrecimiento es la plomada de las almas: caen a un infierno de quietud impensada, dolorosa: es una parálisis semejante al rencor. Mi sensibilidad no va, sin embargo, por esa senda: va en cambio por otra, en la que me puso Cervantes pues mi doble, por si no lo sabes, es un pobre diablo que, aterrado, se pensó de cristal. Pero el mundo lo sabe y me arroja una pedacería de barro que, al yo pasar por el camino, me destrozará el corazón».

Jamás me sentí más devalorada, más íntimamente desgarrada que por las palabras de Romano. Pasaron otras cosas: en la siguiente semana no me habló, como si fuera yo un muro o un objeto invisible. Luego lo atrapé en un pasillo y de nuevo lo seguí, esta vez a la recamarita dentro de la biblioteca, allí donde se encierra cuando no quiere verme. Me planteó en seguida la posibilidad de divorciarnos. Eres muy joven, Mariana, no te conviene seguir con un hombre mayor, como yo, y con tantos defectos que no sólo conozco, sino que de ellos me hago responsable. Le dije que no tenía con qué pagar al abogado, a lo que me contestó que el arreglo sería de común acuerdo. Hablamos, ya lo sabes, de dinero, de lo que me daría mensualmente mientras no me volviera a casar, a cambio de finiquitar el matrimonio con bienes comunales. Pero aquella primera ocasión me hizo sentir tan mal que le grité que su dinero no me importaba nada; y sin saber cómo, de nuevo intenté arañarlo, pues alguien se mete en mi interior cuando él está frente a mí, sin que yo logre desecharlo.

Romano se defendió como pudo. Luego, aferrándome las manos, me volvió a dejar encerrada, pero como la puerta quedó en falso salí tras él y lo alcancé arriba, en la estancia donde, al lado de la chimenea, estaba con los brazos cruzados, mirando fijamente el piso, la mirada caída.

Si te acercas te mato. Quédate donde estás. No te amo, Mariana, ni tú a mí. Me senté. Miré fijamente una pared con dos cuadros que parecían, con su fuerza, cegarme, burlándose de mí, ostentosa y libremente. No te amo. Es mejor que me vaya a un hotel mientras hablamos con mi abogado, que será el de los dos.

¡El divorcio! ¿Cómo es posible que dos personas que hayan vivido juntas, respetándose, terminen por odiarse frenéticamente? ¿Te dije ya que el abogado nos recomendó no hablar, no discutir; ni tampoco tomar una copa mientras no quedaran nuestros asuntos terminados?

Por lo demás mis paseos no sólo son a Los Viveros. Esta mañana me fui al Panteón Jardín, que no está lejos de Rinconada. Es el sitio más tranquilo que existe para pensar, de modo que camino por esas veredas llenas de cruces y de horribles estatuas de yeso. Leo: la tumba de la familia Fernández Domencini, la de la familia Ortiz Mancera; la de la niña Claudia Islas Bermejo, de dos meses de edad. Me pregunto para qué se nace si la vida se debe abandonar en un parpadeo; pero cualquier existencia es insignificante, como la tuya, Omar, de quien no dependerán más mis problemas pues tú callas y yo soy ya una mujer libre, salida de la costilla de un Adán solitario y maldito.

Está bien que lo sepas ahora, Omar —y que lo haga yo por ti para completar estas notas—; me refiero a lo que ocurrió aquella noche —la del día de la segunda junta de avenencia— pues fue algo demencial, uno de esos hechos que te transforman para siempre, que es lo que ocurre cuando el demonio, al caer al abismo, desesperadamente se desgarra las vestiduras. ¿Por qué desoímos el consejo del abogado? Y es que Romano me convidó a *La Lorraine*, un restaurante francés que ya no existe, pues la dueña murió poco después de aquella visita que le hicimos. Fuimos a festejar. Ya eres libre, me dijo Mauricio González de la Garza al salir los tres del despacho: ahora empieza a pagar el precio de toda mujer arrebatada. Entonces se despidió dándome un beso, agregando —para Romano— que tuviera cuidado, que esa clase de separaciones eran tan duras como la más dura realidad.

La cena empezó a discurrir amablemente, con un *Chablis* muy seco, de los que le encantan a Romano. Pero no podré relatarte la conversación pues él, movido por todos los resortes que almacena el rencor, me hizo pedazos mientras yo, sin lograr decir nada, me quedé paralizada ante ese ser desconocido que de pronto surgió para decirme cosas que casi no recuerdo, del miedo que aún me dan. Por eso cierro los ojos aquí, en este departamento que he compartido con Rosella Berardi, haciendo una meditación que me ayuda a hilvanar recuerdos y recuerdos.

Incontables veces levantó la copa para brindar por mi felicidad y sonriente —más con los ojos que con los labios— Romano me dijo que si yo siempre lo acusé de esto, y esto más y aquello, él, desde Chicago, se remitía a mi pereza, culpa que me enlodaba desde los pies hasta el espíritu. No se puede vivir así, ni tampoco con tus celos malditos, tu permanente espionaje y tu ocio, de los que no te logras desprender, ni lo deseas. De la pereza ni siquiera te libera la ventura de compartir el sexo, finalmente lo único que importa en este carajo de vida. En cuanto a los celos, te marchitan por fuera, pues ahora distingo, alrededor de tu pintura, unas ojeras con arruguitas que irán creciendo poco a poco. Saca el espejo y mírate.

¿Sabes que no te aguanto, mi adorada piececita de azúcar? Eres un alfeñique, frágil y engañoso, como el lobo de los cuentos infantiles conformando tu piel, tus quijadas y tus lindos ojos sin mirada interior. De tu ocio, mi amor, de tu ocio, sale no sólo el juego de Canasta, o irte con frecuencia a cenar para no aburrirte; también implica ir al Correo y robar unas cartas que naturalmente no te pertenecen. ¿Recuerdas a Sor Juana?: «que repetido, no hay robo pequeño». Léela. Pero ¿te han servido de algo? En tu cabecita te baila ociosamente la idea de que tengo un amante; de que soy, por eso mismo, un maricón. ¿Qué deseas en la vida? ¿Un hombre de los que odian hasta el olor, o la casi invisible huella de unos tacones de mujer?

No soy así, tú bien lo sabes. Pero mi feminidad —que no es poca— es lo que me impele a combatirte sin mayores peligros. Ven, vámonos a Cuemanco: está lejos, no hay luna y podemos hablar. Ya me cansé de este lugar.

Pidió la cuenta, pagó, nos subimos al auto. Enfiló a gran velocidad para tomar el Periférico, pero tuvo que frenar ante un semáforo. Yo, fuera de mí, le arrebaté las llaves del coche y sin saber a dónde eché a correr. No podría explicarte mi desolación, mi desamparo, mi dolor. Pero Romano me alcanzó y, como siempre, me convenció diciéndome que mis pánicos eran infundados. Tenemos que despedirnos como buenos amigos. Quiero ayudarte. Ven. Vámonos de aquí. Estábamos ebrios de vino y de dolor.

Suavemente me pidió el llavero; suavemente yo se lo entregué. Y allá fuimos los dos, sin hablar... hasta Cuemanco. Entonces solos, con aquella soledad al hueso, me ofreció un viaje a Europa, para ver a mis parientes estén donde estén; para olvidarme del divorcio, de él, de Rinconada: de un proyecto de vida, en suma, que se hundía. Lo tomó entre los dedos: ¿lo quieres o lo rompo ahora mismo? Me miró con sus ojos verdosos, ajenos, como si fueran los de algún animal. Yo, con una calma por demás fingida, tomé aquellas hojas de color azul tinta y las guardé en mi bolsa. Sal cuando quieras. Ya tienes el billete, Mariana. Y me besó en la boca sin ningún erotismo.

No sé si iré, pues tengo la impresión de estar enferma; de que mis depresiones se vuelven crónicas. Por las noches me da por llorar, quiero morirme y siento que no sería un miembro ocioso en un club de suicidas. Lo haría con las pastillas de Romano, quien me dice que al día siguiente de tomarlas no causan trastornos. No quisiera morir con veneno, ni atropellada, ni en el mar. Lo palpitante sería que un amante me ahorcara por celos, de manera afiebrada y certera. Dormiríamos juntos, él me abrazaría por detrás y en el momento de apagar la luz de la lámpara, me apretaría el cuello, reciamente, para no sentir nada. Pero no tengo amantes, Omar, que me quieran asesinar.

Tiempo después quise hablar con Gregoria, pero me contestó su madre, la Beba. Me oyó tan alterada que me tranquilizó diciéndome que era natural; que Romano nada sabía de las mujeres. No sé por qué se le ocurrió casarse, no es la primera vez que se le van los pies, figúrate, un hombre tan inteligente como él, pero en la vida cotidiana juzgo que es un fracaso. Mi hija no está, pero puedes venirte de inmediato. Sandro y ella salieron, espero que no tarden. Tendrás un cuarto y toda la independencia que tú quieras. Vente, no tardes más. Entonces, como sabes, empezó mi segundo Calvario.

Conservo aún (en el original, pues ya nada más importa) la última carta que le escribiste; la última, al menos, que te robé. Es misteriosa y al tomar el sobre entre mis dedos me olió a incienso, como si algún velorio estuviera cercano:

«Romano: Me siento como un vampiro al que cómicamente le hubieran chupado la yugular. Entonces —como en una película de terror— me miro con una gran capa roja, una especie de arroyo de sangre que corre sin parar. No hago literatura porque la vida —ella sí— es literatura, de modo que nada, ni una pizca, tenemos que añadir. Se trata de la contrapartida de una vuelta de tuerca ¿la recuerdas? Tal la razón de mi desgano y de todos los bellos infortunios que mi espíritu parece convocar, entre los que te hallas tú, tan razonable y ágil, tan diferente a mí. ¿Será por eso que no hemos podido comprendernos? Mi camino es azul, tu senda es verde; yo soy cobarde y tímido; tú indiferente y hedonista. Por eso me habré de apartar de ti, pues mientras vas al triunfo yo llevo caminos de escollos, bordeando un desfiladero sin fondo. Sé que me acecha alguna enfermedad seria, porque respiro mal y ya ni siquiera me apetece fumar. Estoy quieto, callado, en mi habitación, mirando sabe Dios qué cosa frente a mí: a la muerte, tal vez, vestida de blanco, lista para una boda, que posiblemente sea la nuestra.

"Por otra parte comprendo —si me comparo con otros de mi clase— que mi literatura es de mediano alcance. Mis cuentos necesitan sangre, la misma que me han chupado sin siquiera advertirlo. Soy una especie de sonámbulo; de despierto sonámbulo y así voy por uno y otro lado, sin malla, como un simple advenedizo de lo que se llama vivir.

Cómo me hizo falta viajar contigo, pero bien sé que fuera de tus compromisos, ni me di permiso ni me lo daré. Discúlpame, soy la mitad de un hombre, pero aunque no lo creas por las noches, a solas, echo mano de ti mirando el caballito griego, en el que cabalgo hasta perderme detrás de los árboles, en el silencio de ese bosque donde un cuartel nos avisa de ti: Rinconada. Eres de las cosas más bellas que me ha dado la vida. Te abrazo, te abraso». Y firmas.

Luego viene una adenda: «Me legas el dinero de la cuenta bancaria, a manera de despedida. Bien. Lo donaré, a sabiendas de cuáles son tus preferencias.»

No hay nada que añadir. Por su parte el tiempo corre en mis tan decantados sucesos que se ensamblan, como si quisieran amarse; corre y me permite ver que hay algo en Sandro que, al agudizarse, profundamente me molesta: querer tener un hijo. Jose Enrique opina que lo engañe; que me desaparezca pasando unos días en su casa y que regrese en el entendido de que me operé para ser madre, sin miramiento alguno. Porque lo estúpido de su actitud es evidente: cuando viví en casa de Gregoria, supe, por ella, que Sandro es estéril, pero que por terquedad y por machismo sigue adelante con el gastado cuento de su paternidad. Como ves todo parece indicar, Omar, que las circunstancias han variado considerablemente desde que me encaré contigo. Han cambiado, eso es, pero si se tratara de identificarme te diré que soy una pintura; un cuadro al que se le quitara la vertical del centro, algo que lo estructure: un árbol, por ejemplo, sin ninguna raíz. Por eso estoy igual que antes: tan mutilada como incompleta; tan estéril como aislada; tan sola como intensamente desolada. Pero me operé para engañarlo.

Hoy cumplimos un mes de casados. De su familia, como es natural, jamás hablamos: seguramente nos detestan. Por mi parte creo que Romano o sabe o sospecha, pues cada vez que lo veo (hemos quedado amigos) me da la impresión de que no lo engañamos: de que no ignora que somos Sandro y yo amantes. Pero

Así y todo convenimos en que yo —y no Sandro— le avisaría de nuestro matrimonio. Por eso le telefoneé anticipándole que tenía para él una sorpresa. En el recorrido hacia el café pensé que era doble: tanto porque me he casado como porque mi actual marido es alguien, con quien —lo sabes bien— vivió desde pequeño. Tú sin embargo te lavaste las manos, Omar, porque te fuiste un año, sin tu familia, a una universidad de Texas. Es bueno huir ¿verdad?, sobre todo cuando el amor hace estragos que, si solicitaste, ahora dejas pasar, como si no los hubieras requerido.

Cuando nos encontramos me invitó una copa. Tenemos un juego divertido: parece que, como si cometiéramos algún delito, nos viéramos a la chita callando. Entonces, al sentarme, lo miré con agrado: bien vestido, esbelto, muy canoso, pero hay algo en su cara —terso y saludable— que, aunque parece recién salido de un baño de vapor, me hace pensar que se operó, naturalmente para verse más joven. ¿No es enternecedor, Omar? Sobre todo porque no lo dice; porque no está dentro de las cosas que podría hacer. ¡Somos tan cómicos los seres humanos!

Le pregunté por su madre, por Sofía y Gloria; también —aunque me haya inculpado— le dije que cómo se sentía por lo de Valentina, muerta después de haber conseguido algunos premios de belleza. Le aclaré, con la mirada fija, que me había casado pero la sorprendida fui yo, Omar, pues su contestación me dejó sin saber qué decir. ¿Ya lo saben tus padres? Son tan católicos que seguramente, por dentro, te lo reprocharán. E, inmediatamente después, brindó por mi felicidad, ahora en serio, no como en *La Lorraine*.

Como no es problema que pudiera importarle la deducción es lógica: no nombró a Sandro porque lo sabe todo. Hubo algunos instantes de silencio: algo más bien anquilosado, más bien embarazoso. Entonces, fuera de agradecerle la pensión que me ha pasado en estos años, nada había que añadir. Le di un beso y me fui antes porque mi marido —que se rehúsa a verlo— me esperaba para festejar, donde fuera, la ruptura final.

Pero ¿festejar qué? ¿Unos meses más de matrimonio; de un matrimonio prematuramente avejentado? Lo nuestro se ha deshecho pronto, acaso porque Sandro se enteró, no sé por quién, que fue falso lo de mi operación: lo sé aunque nunca lo habláramos. Pero finalmente engaño sobre engaño ¿no... *todo es ventura*? Pero no: se rompieron las cosas porque lo nuestro no fue amor, ni pasión, fue simplemente fuga. Como siempre, confieso mis términos medios, pero ¿no te parece familiar lo que digo, justamente a ti, si de medias tintas hablamos?

Pienso seriamente si, sola, puedo hacer algo por mí misma. Me falta imaginación para amar, no ya a los animales, sino a todo. Me sobra energía para vivir, pero es falsa, semejante a un volcán en erupción que surgiera de cabeza, y que sólo se quemara a sí mismo. O de un lago detenido entre dos cordilleras, en lo alto, de modo que no habría manera de irrigarlas. También me parecería a un equilibrista, que al salir, barra en mano, paso a paso va por el abismo para, con esfuerzo llegar a la meta. Pero, una vez fuera de peligro, al ir a pisar el trampolín, encuentra que debe regresar por el mismo alambre, pues ha desaparecido el apoyo, a manera de una ilusión.

Estas notas en lugar de situarme, de fijarme, de completarme, me intranquilizan y destemplan. Hablar contigo es fuertemente insano, pero yo cargo con las consecuencias y... adelante. Sin embargo —lo sé— debo dejar de escribir; dejar de lado estas confidencias que son exclusivamente para mí, por lo que debo sintetizar algunas cosas. Por eso viene a cuento decir que quizás me haya convertido en una mujer cínica, obvia, desleal; o que tal vez lo he sido desde siempre. Pero ocurre que todo ha pasado y que lo único que me obliga a la sinceridad es esta confesión. Son situaciones, Omar, que ya no te tocaron vivir pero que acaso, donde estás, te importen: porque Romano hace tiempo vive en Italia, con una pareja: me han dicho que se trata de una muchacha muy joven, arquitecta, a la que por fortuna no habré de conocer jamás. ¿Será que ya empieza a chochear? Por otro lado ¿no te parece alucinante que alguien se atreva a escalar, lo que sea, frontalmente, como si la existencia misma se lo solicitara? Pero él, ¡es tan absolutamente impredecible! Sí tanto como tú y yo somos la misma persona.

Supe (la gente es quien murmura) que Gregoria tuvo un hijo de un hombre escogido premeditadamente; porque —además— le gustó, porque le dio la gana, también: otra que no le teme a nada. Lo confieso aunque yo no la quiera, aunque le guarde un profundo rencor... En cambio de Sandro, el pobre estéril, nada sé. Te aseguro que su timidez, que su firme rechazo al amor han hecho de él un hombre sumergido y gris. Lo compadezco.

Finalmente tú, Omar, muerto no se sabe de qué, tal vez de no desear vivir. ¿Recuerdas que escribiste que «el pequeño pato de cola azul hace triángulos en el agua»? ¿Será que todos —al vivir— trazamos figuras en el agua? ¿Eso será la vida? ¿Eso será?

Hoy desperté sobresaltada: fue el timbre del teléfono. Desde Torino Rosella Berardi me dice que me vaya con ella una temporada; que la soledad es muy dañina, pero yo no tengo un centavo porque todo me lo gasté en Europa, cuando el divorcio con Romano. ¿Me creerás que mientras la escuchaba vi —con mis propios ojos— deslizarse del libro de los Grimm a la mariposa Monarca? Fue muy impresionante ya que, como si acabara de salir de la larva, hinchó con esfuerzo sus alas, de un dorado intenso a manchas negras: algo terriblemente repugnante. Luego ya en vertical, se frotó una con otra, suave, dócilmente. Después voló, pero me consta que, como duermo sin abrirla, no se fugó por la ventana.

No sé, Omar, qué te diré mañana, si es que vuelvo a escribir. Tal vez que a Venecia me hubiera gustado ir con Romano; o que Amanda me habló ayer mismo —después de dos años— para decirme que está en México y que desesperadamente me quiere ver: que está separada de Linda, quien vive en Nueva York. Confieso que leves palpitaciones en el estómago me hacen cavilar, pero no vale la pena dañarme antes de tiempo. ¿Soy lesbiana? Sin embargo a pesar de mi desasosiego, estoy segura que mañana, un 22 de enero de no importa qué año, cumpliré la cita sin falta.

Los empeños, México, D.F., 22 de enero de 1994

Los buscadores de oro
Augusto Monterroso
0-679-76098-9

Cuando ya no importe
Juan Carlos Onetti
0-679-76094-6

La tabla de Flandes
Arturo Pérez-Reverte
0-679-76090-3

Frontera sur
Horacio Vázquez Rial
0-679-76339-2

La revolución es un sueño eterno
Andrés Rivera
0-679-76335-X

La sonrisa etrusca
José Luis Sampedro
0-679-76338-4

Nen, la inútil
Ignacio Solares
0-679-76116-0

Algunas nubes
Paco Ignacio Taibo II
0-679-76332-5

La virgen de los sicarios
Fernando Vallejo
0-679-76321-X

El disparo de argón
Juan Villoro
0-679-76093-8

Antigua vida mía
Marcela
0-679-76093-8

Por lo que toca a una mujer terminó de imprimirse
en octubre de 1995 en los talleres de Gráficas La
Prensa, S.A. de C.V. Prolongación de Pino 577, Col
Arenal, C.P. 02980, México, D.F.